리턴마스터

리턴 마스터 12

류승현 장편소설

초판 1쇄 찍은 날 § 2018년 6월 11일
초판 1쇄 펴낸 날 § 2018년 6월 18일

지은이 § 류승현
펴낸이 § 서경석

총괄팀장 § 최하나
편집책임 § 이종식
디자인 § 신현아

펴낸곳 § 도서출판 청어람
등록번호 § 제387-1999-000006호
등록일자 § 1999. 5. 31
어람번호 § 제1-2911호

주소 § 경기도 부천시 원미구 부일로 483번길 40 서경B/D 3F (우) 14640
전화 § 032-656-4452 팩스 § 032-656-4453
http://www.chungeoram.com
E-mail § chungeorambook@daum.net

ISBN 979-11-04-91751-6 04810
ISBN 979-11-04-91429-4 (세트)

12

류승현 장편소설

리턴 마스터

FUSION FANTASTIC STORY

도서출판 청람

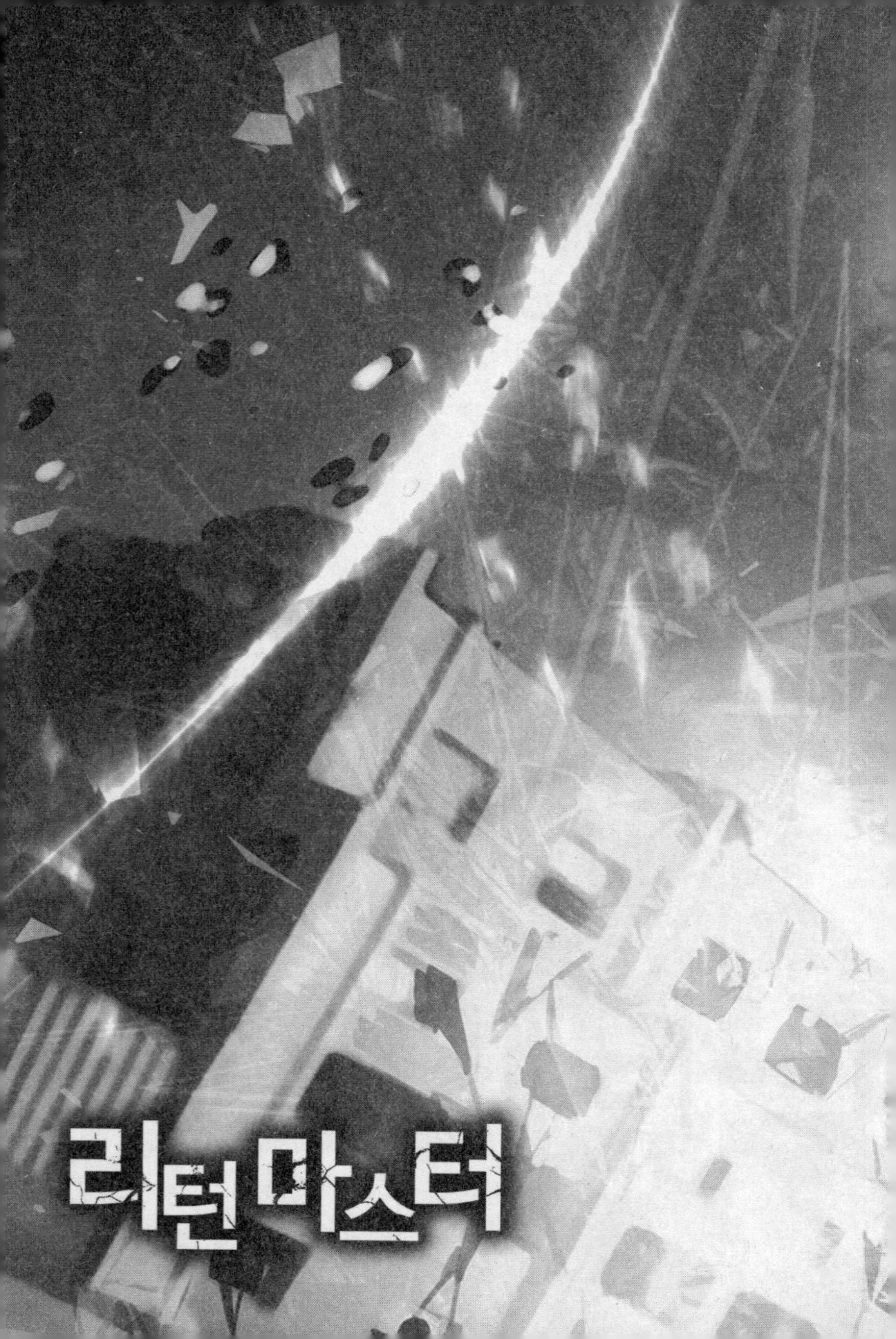
리턴 마스터

Contents

· 109장 ·
공포

루나하이의 군대는 강력했다.

눈에 보이지 않을 정도로 빠르게 움직이는 비행체의 강습과 폭격을 시작으로, 멀리 떠 있는 공중요새에서 뿜어져 나오는 레이저빔까지.

하지만 안 통한다.

이 난장판을 5분 정도 지켜봤지만 아직까지 한 마리의 우주 괴수도 잡지 못했다.

'도시는 이미 쑥대밭이 됐다. 맵온에 표시되는 인간이나 사이보그도 극히 드물고.'

대신 도시의 외곽으로 수백만에 달하는 인구의 밀집이 보였다. 분명 미리 피난을 갔다는 건데, 그렇다면 전투가 꽤나 오래 지속되었다는 것을 의미한다.

그 순간, 가장 가까운 곳에 있던 우주 괴수가 사방으로 촉수를 뿜어냈다.

콰과과과과과과과과광!

동시에 저공으로 내려와 있던 여러 대의 비행체가 폭발했다.

'엄청나군.'

나는 솔직하게 감탄했다. 전장이 80미터에 달하는 우주 괴수는 동시에 300개에 달하는 가느다란 촉수를 순식간에 1㎞까지 뻗어낼 수 있었다.

그와 동시에 뻗어 나온 무수한 촉수 중 하나가 내가 서 있는 빌딩을 관통했다.

콰과과과광!

나는 발밑이 흔들리는 것을 느끼며 긴장했다.

'저건 지금까지 봤던 우주 괴수가 아니다.'

녀석들의 덩치는 레비그라스에서 싸웠던 상급 공허 합성체보다 두 배는 거대했다.

이름: 루작

종족: 공허 합성체(상급)

레벨: 68

특징: 보이디아 차원의 몬스터. 생명을 가진 모든 것을 증오하고, 파괴하려 한다.

등급은 여전히 상급이다. 하지만 모든 스탯이 레비그라스에 출몰하는 녀석들을 월등히 앞섰다.

'그래도 최상급이 아니라 다행인가? 전생에 지구에 출몰했던 전장이 200미터를 넘어가던 녀석들……'

나는 오래전 기억을 떠올리며 몸서리쳤다.

당시엔 귀환한 소드 마스터들조차 일부를 제외하고는 녀석들에게 몰살당했다.

하지만 지금은 다르다. 나는 시공간의 주머니 속에서 네 덩이의 유체 금속을 꺼내 검의 형태로 만들며 타이밍을 노렸다.

'류브의 우주 괴수를 해치웠던 방식이 그대로 통하려나?'

덩치가 두 배쯤 커졌기 때문에 뽑어져 나오는 촉수의 중심점을 계산하는 방식에 오차가 발생할 수도 있다.

나는 머릿속으로 좀 더 신중히 계산하며 유체 금속 검을 사방으로 날렸다.

마침 녀석이 괴성을 지르며 또 한 번의 촉수를 뽑어냈다.

구우우우우우우우우우우우!

이번에도 촉수의 대부분은 저공비행을 하던 비행체들을 향해 쏟아졌다.

그런데 그중 일부가 내 쪽으로 날아왔다.

'발각된 건가?'

멀리서 본 촉수는 가느다란 실처럼 보였다.

하지만 우주 괴수의 덩치가 워낙 큰 탓에 상대적인 착각일 뿐이었다. 실제로는 한 가닥의 굵기가 내 몸통보다도 더 굵었다.

그리고 엄청나게 빠르다.

하지만 내 눈엔 촉수의 움직임이 정확히 보였다. 총 열세 가 닥의 촉수가 서로 다른 복잡한 궤적을 그리며 내 쪽으로 날아 온다.

피하려면 피할 수도 있다.

하지만 지금은 유체 금속 검의 컨트롤에 집중하고 싶다. 나 는 몸을 웅크리며 오러 실드를 전개했다.

하지만 몸을 웅크릴 필요는 없었다.

파지지지지지지지지지직!

순간적으로 온몸을 감싼 실드가 날아오는 촉수를 완벽하게 막아냈다.

검은빛의 실드는 방패의 형태가 아닌, 빈틈없는 공처럼 내 몸을 감싸주었다.

'뭐지, 이건?'

내가 의도한 게 아니다.

나는 단순히 오러 실드를 전개했을 뿐이다. 그것도 파괴되는 순간 두 번째 실드를 만들기 위해 대기하고 있었다.

하지만 전개된 실드가 자동적으로 구체로 확산되었고, 열 개 가 넘는 촉수의 직격을 받아내고도 거의 손상을 입지 않았다.

이것도 오러가 검은색으로 바뀐 효과일까?

'이건 완전 노바로스의 방벽인데… 성능이 강화된 건 컴팩트 볼뿐이 아니었군.'

나는 감탄했다.

하지만 감탄만 하고 있진 않았다. 동시에 유체 금속 검을 조종, 적의 핵심부를 향해 일제히 돌진시켰다.

마치 뻗어 나오는 촉수와 교차하는 크로스 카운터처럼.

파지지지지지지지지직!

저항감은 전혀 없다.

네 자루의 칼은 마치 구름이라도 통과한 듯, 단숨에 적의 몸을 관통하며 반대 방향으로 뚫고 나왔다.

안타깝게도 적의 핵심부를 관통하는 느낌은 없었지만.

'실패다.'

아무래도 덩치가 커진 덕분에 계산식이 달라진 모양이다. 그래도 두 번째는 확실히 성공시킬 자신이 있었다. 첫 실패로 핵심부의 확실한 위치를 가늠했으니까.

하지만 그럴 필요가 없었다.

공허 합성체는 순간적으로 소리 없는 폭발을 일으키며 소멸했다.

푸확!

동시에 엄청난 양의 검은 기운이 사방으로 퍼졌다. 나는 높이가 100미터에 달하는 거대한 괴물이 연기처럼 사라지는 장엄한 광경을 보며 당황했다.

'뭐지? 핵심부는 스치지도 못했는데?'

일단 뒤늦게라도 유체 금속 검들이 적의 몸을 관통하던 순간의 감각을 떠올렸다.

'그래. 아주 잠깐이었지만… 발동시킨 오러 소드에서 검은

전류 같은 것이 사방으로 퍼져 나갔다. 그것 때문인가?'

퍼져 나간 검은 전류가 자동으로 적의 핵심부를 파고들며 치명타를 날린 것이다.

나는 직접 칼을 뽑아 오러 소드를 발동시켰다. 그리고 칼끝으로 바닥을 살짝 찔렀다.

파지지지직!

동시에 전류와 같은 검은 기운이 바닥을 따라 옥상 전체로 미세하게 퍼져 나갔다.

이것은 과거에 정령검인 크로우가 사용하던 일격 필살의 기술과 비슷하다.

크로우는 내가 가진 오러를 전부 소모해 이런 식의 파괴적인 힘을 낼 수 있었다. 나는 오래전에 샌드 웜 킹을 잡았던 기억을 떠올리며 감탄했다.

'그럼 지금은 그냥 오러 소드만 발동시켜도 그런 위력이 나오는 건가? 상대가 생물이 아니라 해도?'

물론 일격의 위력을 생각하면 정령검의 필살기가 더 강할 것이다.

하지만 가진 오러를 전부 날려 버리는 그때와는 달리, 지금은 그저 약간의 오러가 추가로 소모되는 정도에 불과했다.

효율이 전혀 다르다.

덕분에 핵심부를 관통하지 않아도, 대충 근처를 지나가는 것만으로도 공허 합성체를 제거할 수 있게 됐다. 나는 근처에 있는 또 다른 빌딩 옥상으로 몸을 날리며 새로운 적을 향해 거리를 좁혔다.

그때 머릿속에서 목소리가 울렸다.

─여기는 제타편대! 방금 27호의 소멸을 확인!

─이쪽도 확인! 어떻게 된 건가! 폭격이 통했나?

─누적된 공세로 외부의 배리어가 파괴된 것을 추정한다!

─어이! 이쪽에 뭔가 이상한 게 있다!

─27호가 소멸한 근처의 빌딩 옥상!

─뭐? 피난은 완료됐을 텐데? 위성 스캔 시작한다!

─스캔 완료. 비등록 시민. 루나하이의 시민은 아닙니다. 특별 관리 NO.247호, 문주한입니다.

마지막 목소리는 부드러운 기계음이었다.

아무래도 변환의 반지에 내장된 통신 장치가 전투 중인 군대의 무전을 잡아낸 모양이다. 나는 빌딩의 옥상 사이를 뛰어넘으며 반지에 대고 소리쳤다.

"들리십니까? 이쪽은 문주한입니다!"

─아주 잘 들려!

동시에 어린 여자아이의 목소리가 울렸다. 나는 새롭게 포착한 공허 합성체의 주위로 유체 금속 검을 날리며 말했다.

"루나하이? 루나하이입니까?"

─맞아, 나야. 너도 정말 문주한 맞아?

"맞습니다. 방금 이쪽 차원으로 돌아왔습니다."

─왜 이렇게 금방 왔어? 나야 뭐, 다행이지만… 방금 소멸한 공허 합성체도 네가 잡은 거야?

"제가 잡은 거 맞습니다. 그런데 뭐가 어떻게 된 겁니까? 왜 루나하이시티에 공허 합성체들이 출몰한 거죠?"

─하늘에서 떨어졌어!

"네?"

─이 망할 놈들이 로켓을 타고 우주에서 날아왔다고! 근처에 프렉탈이라는 별에 캡슐3호라는 식민지가 있었는데… 설명하자면 좀 복잡해!

루나하이 본인도 답답한 듯 소리쳤다. 나는 새롭게 전개한 유체 금속 검을 적의 중심부를 향해 겨누며 말했다.

"자세한 건 나중에 듣겠습니다. 현재 전투가 벌어진 지 얼마나 경과했습니까?"

─대충 3시간? 추락하기 전에 로켓들을 격추시켰는데 정작 괴물들은 끄떡도 안 하고 지상으로 낙하하더라고. 망할 것들.

"적은 총 몇 마리였습니까?"

─38마리.

그리고 맵온으로 확인되는 공허 합성체의 숫자는 모두 37마리다.

그 말은 결국, 루나하이는 지난 세 시간의 교전 동안 단 한 마리의 적조차 쓰러뜨리지 못했다는 것을 의미했다.

"……"

나는 잠시 동안 침묵했다. 그러자 루나하이가 발끈하며 소리쳤다.

—앗! 너 지금 그렇게 생각했지? 루나하이의 군대도 별거 아니라고?

"…그렇게 생각하지 않았습니다."

—그런데 왜 갑자기 입을 다문 거야!

"37마리의 공허 합성체를 쓰러뜨릴 작전을 세우고 있었습니다. 가능하면 포격과 폭격을 멈춰주지 않겠습니까?"

—응? 아, 그건 상관없는데…….

루나하이는 다른 사람들에게 뭔가를 지시하는 듯 잠시 뜸을 들이다 말했다.

—일단 근처에 있는 녀석들에 대한 공격만 멈출게. 하지만 너무 무리하지 마! 지금 우리가 하는 건 적의 파괴가 아니라 확산을 막는 거니까!

"확산이요?"

—38마리가, 아니, 37마리가 자꾸 멀리 퍼지면 '큰 거'를 떨어뜨릴 장소가 애매하잖아? 지금 준비 중이니까 잠시 후에 너도 거기서 빠져나와. 시간만 좀 더 끌어주면 돼.

나는 본능적인 공포를 느끼며 소리쳤다.

"핵무기입니까?"

—핵? 갑자기 뜬금없이 웬 핵무기?

"예전에 지구에서 사용한 전력이 있어서… 그럼 아닙니까?"

—내가 쓰려는 건 텅스텐이야.

"네? 뭐요?"

―텅스텐. 아주 거대한 텅스텐 기둥을 위성 궤도에서 떨어뜨릴 거야. 저 괴물들은 통상 병기가 거의 안 통해. 충격을 외부에서 거의 다 흡수해 버려서 소용이 없어. 그러니까 아주 무거운 걸 떨어뜨려서 단숨에 중심부까지 관통한 다음에야 파괴할 수 있을 거야.

"텅스텐 기둥이라니……."

그러고 보니 인류 저항군 시절에 그런 무기에 대한 기획서를 읽은 적이 있다.

당시엔 기술적인 문제와 더불어 이미 쇠락해 버린 인류의 경제력이 발목을 잡아서 단지 기획에 그쳤다.

그리고 실제 위력이 어지간한 열핵병기보다 약할 거라는 보고서도 있었다. 물론 떨어뜨리는 텅스텐의 무게에 따라 위력이 천차만별로 달라지겠지만.

문제는 그것이 지상에 떨어진 이후다. 나는 끝이 보이지 않는 루나하이시티의 전경을 보며 물었다.

"그게 떨어지면 이 도시는 어떻게 됩니까?"

―끝장이지. 지표면은 플라즈마로 기화해 버릴 거야. 그래도 방사능 걱정 없고 시민들은 전부 대피시켰으니까……

"그만두십시오."

나는 즉시 제안했다.

"그 위성 폭격 계획을 멈추십시오. 그냥 제가 전부 처리하겠습니다."

―엥? 뭐? 그게 가능해?

"충분히 가능합니다."

―그냥 막 하는 소리 아니지? 이거 위성에서 떨어뜨리는 거라 한번 타이밍이 어긋나면 24시간 동안 다시 쓸 수 없다고?

루나하이의 목소리에서 긴장이 느껴졌다. 나는 맵온으로 37마리의 공허 합성체를 제거할 가장 빠른 루트를 계산하며 물었다.

―그 위성 폭격, 앞으로 얼마나 남았습니까?

"그러니까… 52분쯤 후에 시작돼."

―알겠습니다.

나는 즉시 사정권에 둔 공허 합성체를 향해 유체 금속 검을 날렸다.

푸확!

소멸과 동시에 온 세상으로 검은 기운이 뿜어져 나왔다. 나는 즉시 다음 목표를 향해 움직이며 선언했다.

"50분 안에 전부 잡겠습니다. 그러니 그 무식한 병기를 당장 멈춰주십시오."

*   *   *

정확히는 47분이 걸렸다.

정작 사냥하는 시간은 순간에 불과했다. 대부분은 이동하는 데 걸린 시간이었다.

*   *   *

'이 정도면 보이디아에 가서도 큰 문제는 없지 않을까?'

마지막 공허 합성체를 처리한 다음, 나는 겨우 한숨을 내쉬며 유체 금속 검들을 회수했다.

사실상 내가 소모한 오러는 거의 없었다. 유체 금속 하나당 250 정도의 오러가 충전되어 있었는데, 그것이 50 정도로 줄어든 것이 전부였다.

'대신 스케라가 거의 바닥났군. 물론 여기서 며칠만 있으면 회복되겠지.'

나는 의식적으로 심호흡을 했다.

그리고 유체 금속에 오러를 새롭게 충전한 다음, 곧바로 변환의 반지에 있는 스케라를 오러로 변환해 회복시켰다.

'반지의 스케라는 비샤의 방에 가면 바로 꽉 채울 수 있을 테니……'

그것을 감안하면 오비탈이야말로 내가 마음대로 싸울 수 있는 가장 적합한 장소였다. 그때 반지가 반응하며 머릿속에 목소리가 울렸다.

─눈으로 보고도 못 믿겠네! 진짜 혼자서 다 해치웠어!

루나하이였다. 나는 어느새 텅 비어버린 루나하이시티의 하늘을 둘러보며 물었다.

"위성 폭격은 멈췄습니까?"

─응. 네가 열다섯 마리째 잡았을 때 이미 중단시켰어. 아무튼 고마워. 덕분에 도시가 통째로 날아가는 걸 막았네. 다른

곳에 새로 지으려면 엄청난 자원이 날아갔을 거야. 이 은혜를 어떻게 갚지? 기왕 이렇게 된 거 내가 몸으로 갚는 게 어떨까?

—감사합니다만 사양하겠습니다.

그때 멀리서 요란한 소리와 함께 수송기 한 대가 날아왔다.

쿠구구구구구구…….

"수송기가 보이는군요. 제가 타고 갈 겁니까?"

—응. 그리고 내가 직접 마중 나왔지. 옥상에 내릴 테니까 조금 물러서 있으라고.

수송기는 내가 서 있던 빌딩 옥상을 향해 수직으로 착륙했다. 루나하이는 직접 수송기의 문을 열고 내리더니 양팔을 벌려 환영했다.

"어서 와, 문주한! 그리고 정말 고마워!"

"일이 잘 끝나서 다행입니다."

나는 어린 소녀와의 포옹 대신 악수를 위해 손을 내밀었다. 루나하이는 눈살을 찌푸리며 악수를 받아주었다.

"사실 걱정하고 있었어. '질량 병기'가 안 통하면 어쩌나 해서 말이야. 그런데 그거 유체 금속이지? 휙휙 날아다니면서 괴물을 처치했던 거?"

"네. 전에 펜블릭의 기사를 죽이고 탈취했던 무기입니다."

"대충 그럴 거라고 생각했어. 그런데 맨몸으로 그걸 잘도 다루네? 어지간해서는 컨트롤이 불가능한 무기거든. 전신 사이보그에 보조 뇌를 덕지덕지 달아야 겨우 두세 개를 쓸 수 있을 정도라고."

루나하이는 내 주변에 떠 있는 유체 금속 검을 보며 혀를 내둘렀다. 나는 검을 백팩의 형태로 뭉치며 등에 부착시켰다.

"머리를 쓰는 건 제 특기입니다. 그래도 동시에 네 덩어리가 한계더군요."

"그것도 대단한 거야. 자, 일단 들어가서 이야기하자. 도시 외곽에 새로운 본사 건물을 지어놨어."

나는 두말없이 수송선에 올라탔다. 마주 보고 앉은 루나하이는 눈을 깜빡이며 한참 동안 내 얼굴을 바라보았다.

"엄청 강해진 거 같아. 그렇지? 전에도 강했지만 지금은 완전 격이 달라. 바디를 신형으로 갈아 끼운 것도 아니고… 어떻게 이렇게 짧은 순간에 강해질 수 있어?"

그때 수송선의 문이 닫히며 하늘로 떠올랐다. 요란한 소리에 헬멧을 써야 했던 지구의 수송선과는 달리, 일단 문이 닫히자 마치 방음실에 들어온 듯 내부가 조용해졌다.

나는 짧게 설명했다.

"오러를 한 단계 높였습니다."

"그래? 전에 얼핏 들었을 때는 일곱 단계가 끝이라고 하지 않았어? 소드 마스터?"

"저도 그렇게 알고 있었습니다. 실제로는 그 위 단계가 있더군요. 일단 그랜드 소드 마스터라 부르고 있습니다."

"호칭이 기네. 그냥 그랜드라고 부르는 게 어때?"

나는 한쪽 어깨를 으쓱였다. 루나하이는 허공에 홀로그램 스크린을 띄우며 방금 내가 싸우던 장면을 출력시켰다.

"아무튼 민심도 흉흉한데 잘됐어. 이걸 좀 편집해서 사람들에게 보여줘야지. 당분간은 다들 걱정 없이 살 수 있을 거야."

"그런데 공허 합성체가 다른 별에서 왔다고요?"

나는 즉시 화제를 핵심으로 돌렸다. 루나하이는 홀로그램을 끄며 고개를 끄덕였다.

"응. 오래전에 다른 별의 위성에 캡슐3호라는 식민지를 만들었는데… 아, 우리가 아니라 펜블릭이 관리하던 거야. 만든 건 제국인데, 제국이 망하고 나서 펜블릭이 관리했어."

"펜블릭이라면……."

"응. 바로 그 펜블릭. 근데 정체불명의 대기오염에 시달리다 갑자기 나타난 공허 합성체에 의해 멸망했어. 펜블릭이 의도적으로 일으킨 거야. 자기 나라에 굴뚝을 만들었던 것처럼."

"바로 그 식민지에 있던 공허 합성체들이 로켓을 타고 여기로 날아왔다?"

"맞아."

"인간은 다 죽었을 텐데 어떻게 로켓을 작동시킨 겁니까?"

"뭔가 자동으로 움직이도록 예약을 해놓은 것 같아. 네가 전에 펜블릭을 죽였잖아?"

"제가 죽인 건 아닙니다. 다른 지구인이 죽였죠."

"어쨌든. 아무튼 로켓의 속도를 역산해 보니까 펜블릭이 죽은 시점에서 얼마 지나지 않아서 출발했더라고. 그 변태 능구렁이… 분명히 자기 죽음에 맞춰서 뭔가를 조작해 놓은 게 틀림없어."

루나하이는 분한 듯이 주먹을 마주쳤다. 그러고는 언제 그랬냐는 듯 나를 보며 활짝 웃었다.

"아무튼 다행이야. 이건 무슨 수단을 동원하더라도 곱게 끝날 리가 없었거든. 근데 진짜 피해를 최소화했어."

"그래도 보이디아 차원의 오염도가 높아졌을 겁니다. 안심하긴 이릅니다."

"그건 확실히 문제네. 펜블릭의 굴뚝을 싹 청소했더니 또 이런 일이 벌어져서……."

루나하이는 손사래를 치며 한숨을 내쉬었다.

"아무튼 고마워, 진짜. 그동안 레비그라스에서 별일 없었고?"

"레비그라스에도 공허 합성체가 출몰하기 시작했습니다."

"엑, 거기도?"

"주기적으로 공허 합성체를 소환하는 통로가 생성됐습니다. 당장은 큰 문제가 아니지만 시간이 지나면 점점 더 어려워지겠죠. 그건 그렇고… 오비탈은 별일 없었습니까? 루나하이시티가 공허 합성체의 공격을 받은 일을 제외하고 말이죠."

"설마 그보다 큰일이 벌어졌겠어? 고작 사흘밖에 안 지났는데."

"하긴, 그보다 큰일이 일어났을 리가 없죠."

나는 쓴웃음을 지으며 고개를 끄덕였다.

그리고 순간적으로 경직되었다.

"잠시만요. 지금 뭐라고 하셨습니까?"

"응? 내가 뭐 이상한 소리 했나?"

루나하이는 멀뚱한 표정을 지었다. 나는 마른침을 삼키며 입을 열었다.

"방금 사흘이라고 했습니다만……."

"맞아. 사흘."

"사흘이 지났다고요? 언제부터?"

"언제긴 언제야. 네가 레빈슨인가 하는 인간을 죽이고 레비그라스로 돌아간 순간부터지. 왜 그래? 뭔가 문제가 있어?"

루나하이는 이상하다는 표정을 지었다. 나는 머릿속이 멍해지는 기분이었다.

'정확히 날짜를 센 건 아니지만… 레비그라스에 돌아간 이후로 거의 한 달은 지났다. 그런데 오비탈 차원은 사흘밖에 안 지났다고?'

"네가 갑자기 사라진 다음에 아이릭에서 엄청 항의가 들어왔어. 근데 하필 그때 우주에서 로켓이 날아와서 흐지부지해졌고."

"그렇군요."

"그 레빈슨이라는 인간에게 엄청 많은 걸 걸고 있었나 봐. 여기나 다른 식민지 별에서 몬스터를 잡아오려는 계획도 완전히 멈춘 모양이고."

"그렇군요."

"아마 방금 전에 전투도 다 지켜봤을 거야. 지금쯤 뭐라고 연락이 들어와야 하는데 꼼짝도 안 하는걸 보면 겁먹은 게 아닐까? 지금이라면 너 혼자 쳐들어가도 아이릭의 모든 사이보그와 로봇을 파괴하고 끝장낼 수도 있을 테니까."

"그렇군요."

"그렇긴 뭐가 그래!"

루나하이는 버럭 화를 내며 소리쳤다.

"갑자기 왜 멍청해졌어! 내 말 듣고 있는 거야?"

"물론… 듣고 있습니다."

나는 실제로 멍청해진 기분으로 되물었다.

"그런데 정말 사흘밖에 안 지났습니까?"

"그렇다니까? 왜 자꾸 거기 집착하는데?"

"저는 레비그라스에서 30일쯤 지내다가 돌아왔거든요."

"뭐?"

루나하이는 말도 안 된다는 표정으로 눈을 깜빡였다.

"정말이야? 정말 시간이 그렇게 차이가 났다고?"

"네. 저도 지금 알았습니다."

그러자 루나하이의 눈에 이채가 감돌았다.

"그럼 처음에는? 사흘 전에 처음으로 레비그라스에 돌아갔을 때는 그쪽 시간이 얼마나 지나 있었어?"

"큰 차이가 없었습니다. 지구에서 보낸 시간과 오비탈에서 보낸 시간을 합친 것보다 며칠 정도 더 지난 정도였죠."

"그런데 이번엔 왜 이렇게 차이가 나지?"

그 질문에 답을 해줄 사람은 아무도 없었다. 나는 한참 동안 침묵하며 머릿속으로 수많은 가설을 떠올렸다.

"…왜 이렇게 되는지는 잘 모르겠지만 말이야."

루나하이는 한참 만에 입을 열었다.

"그래서 일주일이 아니라 사흘 만에 돌아온 거구나. 실제로 그쪽 차원에는 30일이 지나 있었으니까."

"네."

"그럼 여기서 다시 레비그라스로 돌아가려면 일주일이 필요한 거지? 이쪽 시간으로?"

"네. 그럴 겁니다."

"그럼 일주일 후에 돌아가면, 그쪽은 70일 정도가 지나 있다는 셈이네?"

나는 등줄기에 소름이 돋는 것을 느꼈다.

진짜 문제는 바로 그것이다.

'물론 실제로 어떻게 될지는 일주일 후에 레비그라스로 돌아가 봐야 알 수 있겠지만……'

하지만 루나하이의 말처럼 70일이 지나 있다면?

'우주 괴수가 소환되는 간격은 점점 짧아지고 있다. 7일 정도라면 모를까… 앞으로 70일 후에는 대체 얼마나 빠르게 소환될지 상상조차 할 수 없다.'

그래서 그 전에 모든 준비를 마치고 보이디아 차원을 공략하려 했던 것이다. 루나하이는 걱정스러운 표정을 지으며 내 쪽을 바라보았다.

"저기, 괜찮아, 문주한?"

"물론… 괜찮습니다."

"근데 너 지금 표정이 장난 아니야. 사람 한두 명 정도는 그냥 씹어 먹어버릴 거 같은데?"

나는 돌처럼 굳은 표정을 억지로 풀며 한숨을 내쉬었다.

"최악의 경우를 상상했습니다. 이건 정말이지……"

대책이 없다.

내가 할 수 있는 일이라곤, 그저 일주일 간격이든 전이의 각인의 대기 시간이 하루라도 더 짧아져 있기를 기원하는 것뿐이었다.

그때, 루나하이가 뜬금없이 고개를 끄덕였다.

"어, 어? 그래? 정말?"

"…무슨 일입니까?"

"방금 아이릭 쪽에서 연락이 왔어. 역시 위성으로 지켜봤나봐. 아니면 도시에 숨겨놓은 스파이 카메라로 찍었던가."

"뭐라고 합니까?"

"널 꼭 한번 만나고 싶대. 귀빈으로 대접할 테니 꼭 좀 와달라고 하는데… 쳇, 이럴 때조차도 무례한 녀석이라니까? 진짜 만나고 싶으면 자기가 이쪽으로 오든가."

루나하이는 고개를 까딱이며 불평을 늘어놓았다. 나는 잠시 생각하다 고개를 저으며 말했다.

"아닙니다. 제가 간다고 말해주십시오."

"웅? 정말? 그럴 필요 없는데? 키는 이쪽이 쥐고 있으니 느긋하게 튕기는 게 좋지 않을까?"

"당장 묻고 싶은 게 있습니다. 그쪽도 이제 와서 절 해칠 생각은 아닐 테니까요."

"그거야 그렇겠지만……."

"일단은 올더 랜드로 가주십시오. 앞으로 무슨 일이 생길지 모르니… 일단 변환의 반지부터 충전하겠습니다. 비샤도 만나고요. 그다음에 곧장 아이릭으로 가도록 하겠습니다."

*　　　　　*　　　　　*

"이렇게 금방 와주실 거라고는 생각도 못 했습니다."

아이릭의 외모는 말 그대로 석상을 연상시켰다.

"그 때문에 대접할 준비를 끝내지 못했습니다. 인간용 요리나 음료의 '구성'과 '복구'에 시간이 걸려서……."

"그런 건 필요 없습니다."

나는 즉시 거절하며 고개를 저었다.

"그보다 묻고 싶은 게 있습니다. 당신도 저를 여기까지 초대한 이유가 있겠죠. 피차 친해지긴 어려운 사이니 본론으로 들어가는 게 좋지 않겠습니까?"

"왜 우리가 친해지기 어려운 사이입니까?"

"수많은 지구인이 강제로 사이보그로 개조되고, 또한 끔찍한 형상으로 융합됐으니까요."

그것만 생각하면 당장에라도 아이릭의 목을 베어 날려 버리고 싶다.

하지만 그에겐 내게 필요한 정보가 있었다. 나는 부글거리는 속을 짓누르며 최대한 태연한 표정을 지었다.

그리고 아이릭은 처음부터 표정 같은 건 존재하지 않는 전신 사이보그였다. 그는 잠시 침묵하다 두꺼운 목을 끄덕이며 말했다.

"알겠습니다. 그 또한 교섭의 내용이기도 하니, 곧바로 본론으로 들어가는 게 좋겠군요."

"교섭이라면?"

"일단 이것을 봐주십시오."

그러자 마주 보고 앉은 테이블의 중심에 대형 스크린이 떠올랐다.

이윽고 현지 시간으로 약 4일 전, 레빈슨의 면회실에서 내가 벌였던 사건들이 재생되기 시작했다. 나는 참을성 있게 영상을 끝까지 지켜본 다음 말했다.

"전부 녹화가 되고 있었군요."

"물론입니다. 면회실은 24시간 감시되고 있습니다. 다만 레빈슨이 사용하는 방 안에는 감시 카메라가 없었습니다. 그래서 실제로 그 안에서 무슨 일이 벌어졌는지는 모릅니다."

하지만 면회실에서 벌어진 일만으로도 대부분의 상황을 짐작할 수 있을 것이다. 아이릭은 감정 없는 목소리로 조용히 말을 이었다.

"물론 당신도 차원을 이동할 수 있는 존재이니, 방 안에 들어가서 슌치엔과 함께 다른 차원으로 넘어갔을 것입니다. 레빈슨의 시체는 그 물리학 법칙을 위배하는 주머니에 숨겨놓고 말입니다."

"정확합니다."

나는 솔직하게 답했다. 아이릭은 내 얼굴을 물끄러미 바라보
다 말했다.

"이제 와서 당신에게 죄를 물을 수는 없습니다. 문주한, 당신
은 아이릭의 사원도 아니고 오비탈의 인간도 아닙니다. 그렇다
고 강제적인 제압도 불가능합니다. 저 역시 루나하이시티에서
당신이 싸웠던 영상을 확인했습니다."

"그래서 무슨 말을 하고 싶은 겁니까?"

"물론 협상입니다."

아이릭은 스크린에 무수한 문장을 띄우며 그것을 그대로 읽
었다.

"당신이 아이릭과 계약 관계에 있던 인간을 살해한 것, 살해
한 시체를 가지고 도주한 것, 아이릭의 직원을 살해한 것을 모
두 불문에 부치겠습니다."

"……"

"그리고 현재 아이릭이 확보하고 있는 모든 지구인의 신변을
넘겨 드리겠습니다."

"네?"

나는 그 조건에 즉시 반응했다.

레비그라스의 바람계곡에 있던 지구인들을 그토록 필사적
으로 구하려 했으면서, 정작 아이릭에 남아 있는 지구인들에
대해서는 잊고 있었다.

'아니, 정확히는 의도적으로 잊으려 했다. 왜냐하면……'

왜냐하면 그들은 모두가 정상적인 인간이 아니기 때문이었다.

사이보그.

하지만 그렇게 따지면 슌 역시 정상적인 인간이 아니다. 단지 내가 기피한 것은 그렇게 개조된 지구인들이 이미 서로 융합되어 있지 않을까 하는 공포였다.

가능한 평생 동안 다시는 그 융합체와 대면하고 싶지 않다. 나는 가라앉은 목소리로 아이릭에게 물었다.

"지구인은 모두 사이보그로 개조되어 있지 않습니까?"

"레빈슨이 처음에 데려온 지구인은 모두 개조되었습니다. 하지만 나중에 지구에서 소환한 지구인은 그대로입니다."

새로 소환한 지구인.

그것은 확실히 맹점이었다. 아이릭은 기다렸다는 듯이 빠르게 말을 이었다.

"혹시 사이보그가 문제라면 인간의 몸을 다시 제작하면 됩니다. 아이릭에는 '복제 인간'에 관한 제국의 기술이 남아 있습니다."

"그게… 가능합니까?"

"네. 대량의 자원이 소모되겠지만 감수할 수 있습니다. 이것은 항복이자 최후통첩입니다. 당신이 원하는 것이 있다면 뭐든 들어드릴 준비가 되어 있습니다."

"항복이자 최후통첩이라고요?"

"당신은 저항이 불가능한 존재입니다. 그러니 항복입니다. 하지만 아이릭 역시 원하는 것을 얻지 못하면 어차피 파멸합니다. 그러니 최후통첩입니다."

"무엇을 얻지 못하면 파멸합니까?"

"정확히는 이것을 해결하지 못하면 파멸합니다."

아이릭은 새로운 영상을 스크린에 띄웠다.

그곳에는 내가 평생 동안 다시 보고 싶지 않았던 것들이 어슬렁거리고 있었다.

"융합체……."

    스크린에는 소름 끼치는 형상의 융합체들이 어슬렁거리고
있었다.

    "원래는 당신을 상대하기 위해 제작한 것입니다."

    아이릭은 아무렇지도 않게 설명했다.

    "지구인과 강력한 스케라 능력자를 융합하기도 했고, 어떤
실험체는 기사단까지 섞었습니다. 그런데 며칠 전부터 통제에
벗어나 폭주하기 시작했습니다."

    "폭주라니⋯ 저게 처음부터 통제가 가능한 건가?"

    이 자식에겐 더 이상 경어를 쓸 필요조차 없다. 아이릭은 상
관없다는 듯 똑같은 말투로 대꾸했다.

    "가능했습니다. 그런데 레빈슨이 1차로 데려온 지구인이 통

제에서 벗어나며 난동을 부리기 시작했습니다. 융합 과정에서 세뇌가 풀린 모양입니다."

"세뇌?"

"레빈슨은 자신이 데려온 지구인을 모두 세뇌 중이었습니다."

사실이다.

그리고 며칠 전, 나는 레비그라스의 바람계곡에 남아 있던 모든 세뇌 신관을 죽여 버렸다.

당연히 그들 중에는 이곳에 넘어온 지구인을 세뇌한 신관들도 포함되어 있었을 것이다.

'즉, 내가 세뇌 신관을 죽인 순간 이쪽에 남아 있던 지구인의 세뇌가 풀려 버린 거다. 그런데 하필 다른 것과 융합되어 있었고……'

"현재 이런 융합체가 모두 네 개가 있습니다. 당장은 본사의 지하에 있는 특수 시설을 배회하고 있습니다. 문제는 융합체의 힘이 아이릭의 기존의 군사력을 초월했다는 것입니다."

"그러니까 지금 나보고……."

"제압해 주십시오. 원하는 건 오직 그것 하나뿐입니다."

아이릭은 양팔을 펼친 채 무저항의 뜻을 나타냈다.

"그럼 아이릭은 당신이 원하는 모든 것을 제공하겠습니다."

나는 한숨을 내쉬었다.

그것은 아주 긴 한숨이었다. 내가 저자에게 얻을 수 있는 것은 기껏해야 불확실한 정보 하나뿐인데, 그것을 얻기 위해 해야 할 일과 참아야 할 일은 너무도 무거웠다.

"내가 당신을 죽이면 안 되는 이유를 하나만 말해봐."

"지구인을 무사히 돌려 드리는 것만으론 부족합니까?"

"이미 안 무사하잖아? 훔쳐간 물건을 박살 내서 돌려준다고 기뻐할 사람이 있을까?"

"박살 나지 않은 물건도 있습니다만……."

아이릭은 잠시 생각하다 말을 이었다.

"그럼 저를 죽이십시오."

"뭐?"

"상관없습니다. 이미 제 정보는 본사에 백업되어 있습니다. 회장인 제가 죽더라도 큰 차이 없이 기업을 이끌어 나갈 겁니다."

"백업이라니, 프로그램 말인가?"

"인공지능이라고 해야겠죠. 마음대로 하셔도 상관없습니다."

아이릭은 의자에서 일어나 내 쪽으로 다가왔다.

"아이릭 '개인'이 죽고, 그것으로 아이릭 '기업'이 살아남을 수 있다면 충분합니다."

"…꺼져."

나는 본능적인 혐오감을 느끼며 손사래를 쳤다.

"됐으니까 원래 자리로 돌아가라. 가까이 오지 마. 기분 나쁘니까."

"알겠습니다. 그럼 어떻게 하시겠습니까?"

"일단 질문에 대답해라. 그럼 결정하지."

"네. 질문하십시오."

"레빈슨과 처음으로 접촉한 게 언제지?"

"최초의 접촉은 지금으로부터 81년, 3개월, 17시간, 19분 전입니다."

아이릭은 기계처럼 대답했다.

"81년 전이라, 레빈슨은 그동안 얼마나 자주 이쪽 차원으로 넘어왔지?"

"횟수는 총 43회입니다. 그중 약 30회는 최근 20년 안에 집중되어 있습니다."

"혹시 시간에 대한 이야기는 없었나?"

"시간이요?"

"왔다 갔다 하면서 두 차원의 시간대가 서로 달라진다던가."

"네. 37번째 접촉 당시 그런 이야기를 했습니다. 처음에 차원을 넘어왔을 때는 별다른 문제가 없었는데, 차원 이동을 반복하니 시간대가 이상해졌다고 하더군요."

"정확히 어떻게 이상해졌다는 거지?"

"오비탈 차원에서 약간의 시간만 보내도, 레비그라스로 돌아가면 상당한 시간이 흘러 있다고 했습니다."

나는 심장이 철렁 내려앉는 것을 느꼈다.

"차원 이동을 반복할수록 격차가 점점 커졌다고 했습니다. 37번째 접촉 때는 오비탈에서 20분만 있다 돌아가도 레비그라스에서는 하루가 지나 있다고 하더군요."

"……."

"마지막으로 넘어온 이후에는 아예 자신의 차원으로 돌아가지 않았습니다. 계속 이쪽 차원에 머물면서 필요한 게 생기면 차원의 통로를 열어 타인을 시켜 주고받았습니다."

"타인?"

"네. 자신이 넘어가면 그 순간에 대체 몇 년의 시간이 지나 있을지 짐작도 못 하겠다고 하더군요."

나는 숨을 죽이며 생각했다.

이것만으로도 수많은 정보를 유추하고 확신할 수 있다.

1. 다른 차원을 여러 번 왕복하면 할수록 시간대가 달라진다.

2. 일반적인 전이의 각인과는 달리, 차원의 문은 일단 열어 놓으면 닫힐 때까지 양쪽 세계를 왕복할 수 있다.

3. 달라진 시간대는 차원을 넘어가는 바로 그 순간에 개인에게만 적용된다.

즉, 차원과 차원의 문제가 아니다.

단지 차원을 넘나드는 개인의 문제인 것이다.

지금 이 시간에도 오비탈과 레비그라스는 같은 시간의 흐름 안에 있다.

하지만 차원의 경계선을 넘어간 순간, 나에게만 다른 시간이 적용된다.

'이번에는 레비그라스의 30일이 오비탈의 사흘이었다. 돌아

갈 때도 같은 비율이 적용된다면 7일이 70일이 되어 있겠군. 아니면 더 늘어나 있을지도 모르고……'

얼굴을 제외한 온몸에 식은땀이 흐르기 시작했다. 아이릭은 몸을 약간 들썩이며 질문했다.

"불안해 보이는군요. 피부와 동공의 상태가 급격히 변하고 있습니다."

"…신경 꺼라."

"원하신다면 제가 레빈슨과 나눴던 다른 대화의 기록도 보여 드리겠습니다."

"기록?"

그러자 스크린에 레빈슨의 얼굴이 떠올랐다. 그는 카메라를 들고 마주 보고 있는 누군가와 대화를 나누고 있었다.

―네. 이것은 레비그라스 전체를 통틀어 저만 가능한 능력입니다. 전이의 각인이라고 하죠. 그중에서도 최상급입니다.

―최상급이라. 등급이 있나 보군요. 그런데 일반적인 전이의 각인과 당신이 사용하는 차원의 문은 같은 것을 의미합니까?

―아닙니다. 전이의 각인은 그 자체로 대상을 전이시키는 전이의 광선을 쏘는 능력이기도 하니까요. 차원의 문은 각인이 최상급이 되었을 때 새롭게 쓸 수 있게 되는 또 다른 능력입니다.

―정확히 어떻게 다릅니까?

―전이의 각인은 대상 하나에 적용합니다. 물론 그것으로 나

자신을 전이시킬 수도 있습니다. 하지만 이렇게 하면 며칠 동 안은 다시 원래 차원으로 돌아올 수가 없습니다. 한 번 사용하 면 대기 시간이 있으니까요.

—하지만 차원의 문은 열어놓은 문이 닫힐 때까지는 왕복이 가능하다?

—그렇습니다.

—대기 시간은 서로 다르게 적용됩니까? 전이의 각인과 차원 의 문이?

—아닙니다. 대기 시간이 걸린 동안은 그 어떤 각인 능력도 사용할 수 없습니다.

—그럼 전이의 각인은 왜 있는 겁니까? 차원의 문이 일방적 인 상위 호환 아닙니까?

—그렇게 생각할 수도 있겠죠. 하지만 전이의 각인도 장점이 있습니다. 일단 대기 시간이 짧습니다. 저는 사흘 만에 다시 쓸 수 있습니다. 하지만 차원의 문은 아직도 15일의 대기 시간이 필요합니다.

—차이가 꽤 크군요.

—네. 그리고 전이의 각인은 타인에게 강제적으로 사용할 수 있습니다. 맞추기만 하면 강제로 원하는 공간을 향해 날려 버 리는 궁극의 마법인 셈입니다.

—다른 차원으로 말입니까?

—다른 차원도 가능하고, 같은 차원 안의 다른 장소도 가능 합니다. 제가 한 번이라도 가본 곳이라면 어디든 말입니다.

그것은 레빈슨과 아이릭이 나눈 대화를 녹화한 영상이었다.

레빈슨은 너무도 친절하게 전이의 각인에 대한 모든 것을 아이릭에게 설명하고 있었다. 나는 숨 쉬는 것조차 잊으며 두 사람의 대화를 지켜보았다.

잠시 후, 영상이 꺼지며 눈앞의 진짜 아이릭이 말했다.

"어떻습니까? 이건 33번째 접촉 당시의 기록입니다. 그럼 34번째 접촉 당시의 기록을 보여 드리죠."

그리고 다시 스크린이 켜지며 레빈슨의 얼굴이 나타났다.

—레빈슨, 전이의 각인은 당신이 한 번이라도 가본 곳이라면 어디든 보낼 수 있다고 말했습니다. 하지만 이는 모순됩니다. 당신은 어떻게 와본 적도 없는 이쪽 차원으로 넘어올 수 있던 겁니까?

이번에는 아이릭이 먼저 질문을 던지며 대화가 시작됐다. 레빈슨은 한쪽 어깨를 으쓱이며 별거 아니라는 듯 웃었다.

—전이의 각인은 그렇죠. 하지만 차원의 통로는 다릅니다. 차원의 통로는 처음부터 모든 차원과 연결되어 있습니다.

—모든 차원이라면?

—지구, 레비그라스, 오비탈, 그리고 보이디아입니다.

—그것이 차원의 끝입니까? 다른 차원은 없습니까?

─저는 모릅니다. 오직 신께서만 알고 계시겠죠.

이번 영상에도 중요한 정보가 마구 담겨 있었다. 나는 넋을 놓고 그것을 지켜보았고, 아이릭은 영상이 끝남과 동시에 손을 펼치며 말했다.

"어떻습니까? 그럼 다음으로 35번째 접촉 당시의……."

"아니, 지금은 됐어."

나는 고개를 저으며 눈을 감았다.

당장 습득한 정보들을 처리하는 것만으로도 머리가 터질 지경이었다.

물론 정보 자체는 단순하다. 하지만 그것이 가리키는 결과는 감당하기 힘들 만큼 무거웠다.

'차원의 통로로 보이디아 차원에 넘어갈 수 있다는 건 중요한 정보다. 하지만…….'

문제는 역시 시간이다.

당장 6일 후에 레비그라스로 돌아가면, 그곳엔 대체 얼마나 시간이 지나 있을 것인가?

그리고 만약 모든 일이 잘 풀린다 해도, 다시는 정상적인 방법으로 오비탈에 돌아올 수 없다.

'레빈슨이 그랬던 것처럼, 차원의 통로를 열어놓고 고작 몇 분 정도 있다가 돌아가는 게 전부겠지.'

물론 오비탈은 그걸로 충분할지 모른다.

하지만 지구는?

다시 지구로 돌아가서, 그곳에서 1년쯤 지내다가 레비그라스로 돌아오면 대체 몇 년이 지나 있을까?

무엇보다 당장 보이디아를 공략하는 과정에도 문제가 생겼다. 일단 현지 상황을 확인한 다음, 다시 레비그라스로 돌아와 새로운 기회를 노리는 것이 불가능해진 것이다.

'그런 식으로 왔다 갔다 할 수가 없게 됐다. 기회는 무조건 한 번이야. 한 번에 성공하지 못하면……'

두 번째로 보이디아에 다녀온 순간, 레비그라스는 이미 파멸해 있을지도 모른다.

어쩌면 지금 당장도.

'미치겠군.'

나는 한숨을 내쉬었다.

다른 모든 것은 머릿속에서 시뮬레이션을 돌리고, 근사값을 계산하며 추정치를 내놓을 수 있다.

하지만 이 빌어먹을 시간에 관한 것은 그것이 불가능했다.

모든 것이 모호하고, 시시각각 변화하며, 정확한 변화의 기준마저 확실하게 정립된 게 없다.

"그럼 융합체를 처리해 주시겠습니까?"

아이릭이 눈치 없이 끼어들었다. 나는 혼란스러운 머리를 빠르게 수습하며 자리에서 일어났다.

"당장 안내해."

"네?"

"당장 그 지하에 있다는 특수 시설로 안내해라. 곧바로 처리하겠다. 그리고 녹화된 레빈슨의 영상을 모두 넘겨. 나중에 돌아가서 전부 몰아 볼 테니까."

*   *   *

그곳은 '특수'라는 이름을 붙일 만한 시설이 아니었다.

실제로는 그냥 텅 비어 있는 공간에 불과했다. 위치는 아이릭 본사 건물에서 지하로 3km쯤 내려간 지점으로, 높이는 50미터, 폭은 20km에 달하는 원형의 거대한 시설이다.

그 넓은 공간 속에 총 네 마리의 융합체들이 어슬렁거리며 배회하고 있었다.

'함정이라면 최적의 장소군.'

엘리베이터가 멈추고 문이 열렸다. 조명을 전부 꺼놓은 덕분에 텅 빈 공간 전체가 새까맣게 물들어 있었다.

─조명이 밝아지면 난동을 부려서 전부 꺼놓았습니다. 그나마 자외선 등에는 반응이 약하니 그거라도 켜겠습니다.

이어폰처럼 낀 통신기에서 아이릭의 목소리가 들렸다. 나는 통신기에 손가락을 대며 나지막한 목소리로 말했다.

"켜지 마."

─그럼 아무것도 볼 수 없습니다.

"상관없어. 일이 끝난 다음에 뒤통수나 치지 마라."

─뒤통수라면?

"이 시설째로 폭발시켜 무너뜨린다던가."

—그러면 위에 있는 본사 건물도 함께 무너집니다. 그런 짓은 하지 않습니다. 그리고 그런 걸로 해결할 수 있었다면…….

아이릭은 잠시 침묵하다 기계 같은 목소리로 말했다.

—그 방법으로 융합체들을 제거했겠죠. 당신의 힘을 빌리지 않고.

"그런가?"

—당장은 융합체들이 잠잠합니다만, 저들이 정말 밖으로 나오려 하면 아이릭엔 그것을 막을 수단이 없습니다. 그리고 당신도 마찬가지겠죠.

"…알겠다. 끝나면 다시 연락하지."

나는 통신기에서 손가락을 떼며 고개를 저었다.

'그럴 리가 없지.'

사실은 이 모든 것이 나를 죽이기 위해 파놓은 함정일지 모른다.

융합체의 컨트롤 유무와 상관없이, 어떻게든 날 이 지하 시설로 끌어들인다.

그리고 내가 상상도 못 한 엄청난 폭발을 일으킨다.

그 폭발로 죽어도 좋고, 죽지 않더라도 상관없다. 시설 전체가 무너지며 땅속으로 5km 지점에 파묻히는 것만으로도 치명적일 테니까.

아니면 지하 시설 전체에 내가 모르는 강력한 독가스나 화학 병기를 살포할지도 모른다.

혹은 시설 전체를 초고온으로 달궈 버릴 수도 있고, 아니면 시설을 물로 꽉 채운다면 급속 냉동으로 얼려 버리는 것도 가능하다.

오비탈의 앞선 과학이라면.

하지만 아무래도 상관없다. 아이릭이 뒤통수를 칠 상황을 대비해, 미리 본사 건물 밖에 대기 중인 수송선의 바닥에 텔레포트 마법진을 만들어놓았으니까.

'차원 이동이나 공간 이동이면 몰라도… 마법진은 대기 시간 없이 자유롭게 만들 수 있다. 마력만 있으면 말이지.'

그 탓에 일부의 마력을 소모했지만, 큰 맥락에서 보면 미비한 수준에 불과하다.

나는 엘리베이터 근처의 바닥에 수송선의 마법진과 연결된 새로운 마법진을 만들었다. 여차하면 이걸 이용해 단숨에 밖으로 탈출할 것이다.

'사실 이런 짓을 안 해도 상관은 없지만……'

나는 쓴웃음을 지으며 고개를 저었다.

설사 손도 못 쓰고 이 지하 시설에 파묻힌다 해도, 마음만 먹으면 단숨에 지상으로 파고 올라갈 수 있다.

단지 그 과정이 귀찮을 뿐이다. 나는 여러 가지 상황을 머릿속에 떠올리며 어둠 속으로 천천히 나아갔다.

어둠은 더 이상 장애가 되지 못한다.

멀리 떨어진 곳에 있는 네 마리의 융합체가 선명하게 보였다. 그 흉측한 겉모습이 아닌, 몸의 내부에 움직이는 오라나 마력의 흐름이.

'지구인이 융합되어 있어 다행이군.'

정확히는 '레비그라스에서 수련'을 한 지구인이 있어 다행이다.

어쨌든 가까이 접근해서 육탄전을 벌일 생각은 추호도 없었다. 나는 뭉쳐 있던 유체 금속을 조심스레 분리한 다음, 네 자루의 칼로 만들어 사방으로 날려 보냈다.

사냥은 우주 괴수를 잡는 것과 같은 방식으로 진행될 것이다.

그런데 그 순간, 가장 가까운 곳에 있던 융합체가 내 쪽을 돌아보았다.

끼기긱…….

멀리서 기괴한 울음소리가 속삭이듯 울렸다.

'설마?'

가깝다 해도 1㎞ 이상 떨어져 있다. 물론 정체되어 있던 공기에 변화를 느꼈다든가, 후각을 통해 내 존재를 파악했을지도 모른다.

동시에 굉음이 울렸다.

콰아아아앙!

녀석은 한순간 지면을 박차며, 마치 멀리뛰기를 하듯 내 쪽으로 몸을 날렸다.

'쉽게는 안 해주는군.'

나는 직접 칼을 뽑아 들고 오러를 발동시켰다. 그러자 녀석도 어둠 속에서 새파란 오러를 일으키며 괴성을 질렀다.

끼기기기기기기기기기기기기긱!

적은 서너 번의 도움닫기 만에 내 눈앞에 육박했다.

엄청난 도약이다.

결단코 2단계 소드 익스퍼트의 힘이 아니다. 육안으로 확인한 녀석의 몸에는 근육질로 넘실거리는 도마뱀의 꼬리 같은 기관이 다시 뭉쳐 있었다.

'몬스터?'

촥!

동시에 몸을 감싸고 있던 수십 개의 꼬리가 채찍처럼 풀렸다.

그리고 달려오는 기세에 더해, 몸 전체를 회전하며 그 꼬리를 휘둘렀다.

하지만 나는 더 이상 그곳에 없었다.

촤악!

수십 개의 꼬리가 허공을 가르며 다시 녀석의 몸에 감긴다. 한순간에 백 미터쯤 옆으로 비껴난 나는, 적의 몸에 융합되어 있는 다수의 존재에 전율했다.

이름: 제리, 도밍고, 웝테일(기계화)

레벨: ?

종족: 지구인, 사이보그, 촉수족, 융합체

기본 능력

근력: 1,355(909)

체력: 1,418(1,018)

내구력: 919(778)

정신력: ?(?)

항마력: 410(288)

특수 능력

오러: 471(498)

마력: 398(411)

신성: 0

저주: 511(511)

스케라: 298(339)

각인: 언어의 각인(중급)

오러 스킬: 오러 소드(상급), 오러 실드(상급), 오러 브레이크(중급), 컴팩트 볼(중급)

마법: 화염(총11종류), 바람(총13종류)

고유 스킬: 일제분출(상급), 출력강화(중급), 스케라 빔(중급), 스케라 월(중급)

나는 눈을 감아버렸다.

2단계 소드 익스퍼트인 지구인 제리와 중급 마법사인 지구인 도밍고와 내가 모르는 정체불명의 몬스터가 융합했다.

심지어 그 몬스터도, 두 명의 지구인도 모두 신체의 일부가 사이보그로 변해 있었다.

혹은 거의 전부가.

'이건 끝내야 해.'

그것을 위해 나는 굳이 여기까지 내려온 것이다. 이토록 끔찍한 존재가 되어버린 지구인들을 일 초라도 빨리 해방시켜 주기 위해서…….

그때 융합체가 소리를 질렀다.

"끼기기! 떼어! 떼어줘!"

"뭐야! 끼기기기긱! 내 몸에서! 나가!"

융합된 지구인들이 서로의 존재를 거부하며 비명을 지르기 시작했다.

하지만 그 모두를 것을 컨트롤하는 것은 몬스터였다. 윕테일이란 이름의 몬스터는 자신의 몸에 붙어 있는 두 지구인의 의지를 무시한 채, 또다시 내 쪽으로 몸을 날렸다.

끼기기기기기기기긱!

나는 컴팩트 볼로 응수했다.

콰과과과과과과과과과과광!

한순간의 압축된 폭발과 함께, 달려오던 적의 몸이 수백 미터 뒤로 팅겨 날아갔다.

동시에 나도 지면을 박차며 녀석을 추격했다. 뽑아 든 칼에 오러 소드를 전개하며, 그나마 '정수리'라 부를 수 있는 곳으로부터 수직으로 칼을 내리그었다.

그런데 공격이 막혔다.

파지지지지지지직!

'어떻게?'

찰나의 순간이었지만 당황했다. 오러가 검은색으로 변한 이후로, 내 오러 소드가 물리적으로 막혔던 일은 한 번도 없었기 때문이다.

원인은 복합적이었다. 녀석은 겹겹이 펼친 다중의 배리어로 자신의 정면을 감싸고 있었다.

푸른빛의 방벽은 오러 실드다.

넘실거리는 투명한 기운은 바람계 방어 마법인 윈드 배리어고, 엷은 회색으로 일렁이는 공간은 '스케라 월'로 불리는 기술이다.

그리고 가장 안쪽으로 강철 와이어 같은 몬스터의 꼬리가 빽빽하게 감겨 있었다.

오러, 마력, 스케라, 그리고 몬스터의 고유 기술까지. 이 모든 것이 하나의 시너지를 발휘하며 내 공격을 받아낸 것이다.

고작 단 한순간에 불과하다 해도.

콰지지지지지직!

동시에 유체 금속 검이 녀석의 몸을 관통하며 지나갔다.

파지지지지지지지직!

순간 녀석의 몸 전체로 검은 전류 같은 기운이 퍼지기 시작했다. 나는 적이 뿜어내는 체액과 비명을 피해 한참 뒤로 물러났다.

'첫 공격이 막힐 줄이야……'

하지만 막힐 걸 대비해 다음 수를 준비해 놓았다.

그리고 지금 이 순간에도, 죽어가는 적의 끔찍한 모습에 전율하면서도 동시에 맵온으로 다른 적들의 위치를 확인하며 다양한 경우의 수를 대비하는 나 자신을 발견할 수 있었다.

'머릿속이 반으로 나눠진 기분이군.'

유체 금속을 다루기 시작한 후부터 그런 느낌이 강하게 든다. 나는 갑자기 배회하기 시작하는 두 번째 적을 향해 거리를 좁히며 한숨을 내쉬었다.

그 순간, 배회하는 적의 방향에서 뭔가가 확 밝아지며 날아들었다.

'은색의 기체?'

전에 분명 그것을 본 적이 있었다.

우우우우우우우우우우우우우우우우우웅!

그 압도적이며 집중된 화력은 실로 찰나의 순간에 관통하는 모든 것을 소멸시켰다.

나만 빼고.

푸하아아아아아아아악!

순간적으로 진공이 된 공간에 엄청난 기세로 바람이 몰아쳤다. 마치 공기 자체가 찢어지며 폭발을 일으키는 듯한 감각으로.

이것은 최상급 스케라 빔이다.

처음에는 그것을 맞고 손쓸 새도 없이 사망했다. 5분 전으로 돌아간 후에는 미리 그것을 피해 무사할 수 있었다.

하지만 이번엔 직격을 맞았다.

그럼에도 여전히 멀쩡했다. 나는 몸을 감싼 두 장의 방벽을 확인하며 고개를 끄덕였다.

'이제는 노바로스의 방벽과 오러 실드를 동시에 전개하니 막혀지는군.'

안쪽에 만든 노바로스의 방벽은 멀쩡했고, 바깥쪽에 두른 오러 실드는 거의 소멸해 흔적만 남았다. 나는 멀리서 움찔거리는 융합체를 감지하며 다시 달리기 시작했다.

이름: 루가난, 흄, 머슬러(기계화)
레벨: ?
종족: 오비탈인, 사이보그, 다지족, 융합체.

이번 융합체는 지구인이 한 명뿐이었다.

하지만 스케라 스텟이 1천을 넘는 것으로 볼 때, 아마도 남은 기사단 중 한 명이 함께 융합된 것 같다.

'그럼 기사단과 지구인과 몬스터를 하나로 융합시킨 건가?'

갈수록 미쳐가는 듯한 기분이다. 대량의 스케라를 소모한 녀석이 탈진한 듯 몸을 숙이고 있는 동안, 나는 단숨에 거리를 좁혀 적의 몸에 칼을 찔러 넣었다.

파지지지지지지지직!

검은 전류가 적의 몸 전체로 퍼지는 가운데, 나는 짧게나마 융합된 적의 몸을 확인할 수 있었다.

눈이 풀린 두 인간의 머리.

약 5미터쯤 되는 육중한 덩치.

온몸에 돋은 촉수 같은 가느다란 벌레의 다리.

그리고 몸통의 중심부에 툭 튀어나온 금속의 포대.

"망할!"

나는 반사적으로 녀석을 향해 노바로스의 파도를 쏟아부었다.

푸화아아아아아아아아아아아아악!

물론 과잉 투자다. 하지만 지금은 1초라도 빨리 녀석의 존재를 지워 버리는 게 중요했다.

쿠구구구…….

검게 탄 잿더미 속으로, 녹은 금속의 일부가 끓어 넘치며 흘러내렸다. 나는 후끈한 열기를 느끼며 한 발 뒤로 물러났다.

'아직 두 마리나 더 남았나…….'

잡는 건 문제가 아니다.

하지만 정신적인 스트레스가 심했다. 그나마 다른 두 녀석이 이쪽의 소란에 반응을 보이지 않는 것이 다행이다.

나는 심호흡을 하며 또 다른 심연 속으로 걸음을 옮겼다.

그런데 그때, 맵온에 새로운 빛이 깜빡였다.

'뭐지?'

사전에 아이릭에게 부탁했다. 덕분에 아이릭 본사는 물론, 주변 30km 내에는 단 한 명의 사이보그도 존재하지 않았다.

융합체를 제외하면.

그런데 방금 두 개로 줄어들은 사이보그가 갑자기 셋으로 늘어난 것이다.

'위치는 서쪽 끝… 엘리베이터 근처다.'

나는 걸음을 멈추고 뒤를 돌았다.

누군가 엘리베이터를 타고 내려왔다 해도, 위치상 맵온에 미리 검색되었을 것이다.

하지만 정체불명의 사이보그는 말 그대로 '갑자기' 그곳에 나타났다.

마치 지금 막 태어났다는 듯이.

'뭐가 어떻게 된 거지? 맵온의 오류인가? 아니면 맵온으로부터 몸을 감출 수 있는 능력자가 존재하는 건가?'

나는 정신을 집중하며 새롭게 확인되는 사이보그를 향해 이동하기 시작했다.

솔직히 혼란스럽다.

이 지하 깊숙한 곳에 위치한 융합체의 소굴에 내려온 이후로, 어쩐지 나는 평정을 잃은 것 같은 기분이었다.

'마치 귀신에 홀린 것 같군. 사이보그와 로봇이 돌아다니는 세상에서 말이지……'

쓴웃음이 절로 나왔다. 그리고 잠시 후, 멀리서 작은 불꽃이 일어나며 주변을 조용하게 밝히기 시작했다.

그것은 마법이었다.

체구가 작은 노파가 검은 망토를 뒤집어쓴 채 몸을 웅크리고 있었다.

'꼽추?'

망토에 가려진 등이 불룩 튀어나와 있다. 하지만 '노파'라는 사실만으로 나는 상대방의 정체를 직감할 수 있었다.

'지금 이 오비탈 차원에 마법을 쓰는 노파는 단 한 명밖에 없다.'

유메라 크루이거.

신성제국의 전 황태후.

하지만 확실히 하기 위해서는 결국 스캐닝을 쓰는 수밖에 없었다.

이름: 유메라, 카를로스
레벨: ?
종족: 레비그라스인, 지구인, 사이보그, 융합체. 초월자

"직접 만나는 건 처음인가?"

노파는 굵은 기계음으로 말했다.

거리가 3백 미터 이상 떨어져 있는데도 쩌렁쩌렁하게 울리는 목소리였다. 나는 노파를 향해 좀 더 가까이 다가가며 소리쳤다.

"신성제국의 황태후십니까? 유메라 크루이거?"

"뭘 경칭까지 붙이고 그러나? 우리 사이에."

노파는 소리 없이 웃으며 고개를 저었다. 드러난 노파의 얼굴은 마치 주름처럼 굴곡진 금속 피부로 뒤덮여 있었다.

"너는 내 손자를 죽였지, 문주한. 그리고 나는 너의 동포를 제멋대로 소환해서 짐승처럼 부려먹었다. 그거면 충분하지 않나?"

'유메라 크루이거는 최상급 전이의 각인을 가지고 있다. 그래서 맵온에 갑자기 나타난 거군.'

"맵온이라! 그렇구만. 정말 다 가지고 있었어."

유메라는 기계가 된 왼쪽 눈을 찌푸렸다. 나는 그녀의 스텟 창에 있는 나머지 능력을 전부 확인하며 고개를 끄덕였다.

"당신도 최상급 스캐닝을 가지고 있군."

"맞아. 스캐닝과 감정의 각인을 가지고 있지. 얼마 전에는 전이의 각인도 최상급으로 높였고."

"그런데 스케라는? 어째서 스케라가 그렇게 높을 수 있지?"

유메라의 스케라는 최대치가 1,300을 넘기고 있었다. 노파는 뒤집어쓴 망토를 천천히 벗어 내려놓으며 웃었다.

"스케라라, 이거 말인가?"

그리고 자신의 등을 가리켰다.

꼽추처럼 불룩 튀어나와 있던 그것은 다름 아닌 사람의 머리였다.

"이것도 지구인이야. 마지막으로 각성한 기사단이기도 하지."

"뭐?"

"스케라 구덩이. 모르나? 네가 파괴했다고 하던데. 거기서 각성한 유일한 지구인을 데려와서 융합시켰지. 아, 내가 원한 거야. 아이릭에게 특별히 부탁했지."

"직접 원했다고?"

어째서? 라고 물어볼 필요는 없었다. 답은 이미 그녀의 눈앞에 서 있었다.

바로 나.

하지만 기계가 된 노파는 내 예상과 전혀 다른 이야기를 늘어놓기 시작했다.

"그래. 내가 부탁했지. 힘이 좀 더 필요했거든. 이 오비탈 차원을 무너뜨리기 위해서……."

• 111장 •
붕괴

"이틀 전에는 아이릭이 부탁하더군."

황태후는 양팔을 펼치며 말했다.

"여기 있는 융합체를 처리해 달라고 말이야. 하지만 나라고 별수 있나? 한 마리만 잡으면 다행이겠지. 못한다고 하고 다시 위로 올라갔어."

"…그때 텔레포트 게이트를 만들어놓은 건가?"

"맞아. 불을 켰으면 보였을 텐데. 미리 확인하지 않은 모양이군."

황태후는 발치에 그려진 마법진을 가리켰다. 나는 혀를 차며 고개를 저었다.

"아무래도 상관없어. 당신이 이제 와서 기습을 한다 해도……."

"그럴 생각 없네."

온몸이 사이보그로 바뀐 주제에, 황태후의 목소리는 여전히 노인처럼 쉬어 있었다.

"기습할 거면 진작 했겠지. 통할 리도 없고."

"방금 파악한 건가? 스캐닝을 해서?"

"아니야. 어제 영상을 봤지. 그쪽이 몬스터와 싸우는 걸……."

황태후는 조각난 유리 같은 긴 손톱을 뻗어 내 쪽을 가리켰다.

"검은색 오러라니… 이 나이를 먹고도 호기심을 참을 수가 없군. 그건 무슨 경지인가?"

"소드 마스터 다음 경지."

"그런가? 역시……."

황태후는 길게 탄식하며 고개를 저었다.

"상대가 될 리 없지. 그 엑페 님을 뛰어넘은 자에게 고작해야 나 따위 마법사 나부랭이가 뭘 할 수 있겠나?"

나는 코웃음을 치며 답했다.

"그냥 마법사는 아니잖아? 아크 위저드에, 심지어 등 쪽에 사람 머리를 붙여놓은 주제에."

"아, 이거 말인가?"

황태후는 피식 웃으며 등을 가리켰다.

"방금 말하지 않았나. 오비탈 차원을 무너뜨리기 위해 내가 부탁했다고."

"아이릭도 알고 있나?"

"그럴 리가. 아무리 다른 차원이라도 적에게 무기를 달아주는 바보는 없겠지."

"그런데 왜 나한테는 말하는 거지?"

"같은 목표를 가지고 있으니까."

황태후는 자신의 주변에 하나둘씩 작은 불꽃을 늘리며 말을 이었다.

"오비탈은 이미 끝났어. 너무 오랫동안 '굴뚝'이 가동되고 있었지. 그쪽이 열심히 해줘서 오염을 늦췄지만… 결국 시간문제일 뿐이야. 게다가 어제는 수십 마리의 공허 합성체가 출몰했고."

"다른 별에서 로켓으로 온 거다. 이 행성에서 자연 발생 한 게 아니야."

"그건 상관없어. 너도 감정의 각인이 있으니 알 것 아닌가? 일단 공허 합성체가 출몰하면 그곳에 저주의 힘이 늘어나. 눈에 보이지 않는 작은 통로가 열리게 되지."

"통로……."

"차원의 통로라고 해야겠군. 덕분에 계속해서 저주를 증폭시키는 특별한 장소가 돼. 그 루나하이 시티라는 도시도 얼마 지나지 않아서 보이디아 차원과 연결될 거야. 그리고 공허 합성체가 직접 넘어오겠지. 안 그런가?"

그렇다.

루나하이에게는 말하지 않았지만, 분명 그 도시는 공허 합성체들이 계속 출몰하는 어둠의 구렁텅이로 변해갈 것이다.

　신성제국의 성도인 류브처럼.

　"그리고 이 아이릭이라는 자도 만만치 않아. 자기 딴에는 보이디아 차원의 공세를 막아내려고 애쓰는 것 같지만… 오히려하는 일마다 오염을 가속시킬 뿐이야."

　"무슨 소리지?"

　"사람을 죽이면 저주 스텟이 오르는 건 알고 있나?"

　"그게 왜?"

　"그것이 금기된 일이기 때문이다. 더 심한 금기를 저지를수록 더 많은 저주가 쌓이지. 하지만 같은 금기가 반복되고 적응이 되면 올라가는 폭이 점점 줄어들고, 어느 시점에선 더 이상오르지 않게 돼."

　"나도 알고 있어."

　나는 눈살을 찌푸리며 대꾸했다.

　"이제 와서 저주에 대한 강의를 들을 생각은 없다. 무슨 꿍꿍이지?"

　"꿍꿍이는 무슨. 그냥 이 늙은이의 마지막이라고 생각하고들어주게."

　황태후는 식식대는 소리를 내며 웃었다.

　"하지만 저주는 사라지지 않아. 적응이 되어 쌓이지 않은 저주는 그냥 세상에 퍼지게 돼."

　"뭐?"

"내가 백 년이 넘는 시간 동안 직접 눈으로 확인하며 알아냈지. 그래서 말인데… 지금 내 저주 스텟은 얼마인가?"

"그걸 왜 나한테 묻지? 직접 스캐닝을 하면 알 텐데?"

나는 반문했다. 하지만 그 와중에도 황태후의 스텟창을 다시 보지 않을 수 없었다.

저주: 614(614)

"그래. 600이 넘지."

황태후는 자신의 등 쪽을 가리키며 말했다.

"융합을 하니까 갑자기 확 늘었어. 그건 융합이라는 행위 자체가 살인 이상으로 금기된 저주라는 거야. 어떤가? 다른 모든 융합체들도 저주 스텟이 매우 높지 않았나?"

나는 기억을 되새기며 입술을 깨물었다.

'확실히 높았긴 한데……'

"그리고 아이릭이 융합을 할 때마다 이 도시의 오염도가 빠르게 높아지기 시작했어. 사실은 그 이상의 엄청난 저주가 발생한 거야. 내가 적응되어 이거밖에 쌓이지 않았을 뿐이지."

"그럼 인간의 몸에 축적되지 못한 저주가……."

"이제 이해했군."

황태후는 무서운 표정으로 웃었다.

"그러니까 전부 무너뜨려야 해. 펜블릭인가 하는 나라는 네가 무너뜨렸고, 루나하이라는 나라도 어차피 곧 무너질 테니…

이젠 내가 아이릭을 무너뜨려야지."

"서로 동맹 관계 아니었나?"

"처음엔 그랬지."

황태후는 고개를 저었다.

"하지만 대신관은 금방 이쪽 세계의 문제를 알아냈어. 대신관은 지구인은 물론이고, 오비탈 차원의 인간도 모두 멸종시킬 계획을 세웠지."

"레빈슨……."

"그리고 그 대신관을 네가 죽였고."

황태후의 목소리에는 감정의 기복이 느껴지지 않았다. 그것이 나를 더욱 오싹하게 만들었다.

죽이는 건 어렵지 않을 것이다.

하지만 눈앞의 노파에겐 단순히 가지고 있는 힘을 초월한 막대한 광기가 깃들어 있었다.

"그래, 문주한. 너도 신의 뜻을 받드는 사람이겠지."

황태후는 갑자기 고개를 숙이며 한숨을 내쉬었다.

"나도 그렇고. 레비는 직접 내게 말했어. 레빈슨의 말을 따르라고."

"하지만 레빈슨은 이제 없다."

물론 레비도 없다.

하지만 거기까진 말하지 않았다. 황태후는 난감한 얼굴로 고개를 끄덕였다.

"그래서 곤란하게 됐어. 이제 나는 대신관이 남긴 명령을 이

행하는 로봇일 뿐이야."

레비그라스인이 말하는 '로봇'이란 단어는 매우 부자연스럽게 들렸다.

하지만 황태후는 실제로 로봇이나 다름없었다. 뇌와 일부 장기만 빼고. 나는 그녀의 몸에서 흐르는 마나와 마력의 흐름을 통해 아직 남아 있는 인간의 흔적을 느꼈다.

매우 미세한 흔적을……

"그리고 로봇은 명령을 내리는 자가 없으면 의미가 없지. 마지막으로 즐거운 경험을 했다고 생각하고 있어. 몸이 아프지 않은 건 정말 오랜만이고."

"이유는?"

"뭐라고?"

"그래서, 하필 지금 날 찾아 여기로 내려온 이유는 뭐지?"

나는 황태후를 향해 칼끝을 겨눴다. 황태후는 소리 없이 웃으며 고개를 저었다.

"별거 없어. 그냥 궁금해서."

"궁금하다고?"

"손자는 잘하고 있나?"

순간, 나는 황태후의 정신이 오락가락하는 게 아닐까 판단했다.

'손자? 설마 루도카 말인가?'

하지만 잠시 생각하자 그게 아니었다. 나는 한숨을 내쉬며 고개를 끄덕였다.

"신 황제는 그럭저럭 제국을 운용하는 것 같더군. 쥐고 뒤흔들던 레빈슨 같은 자들이 없으니 당연한 결과겠지."

"그렇군. 알았네."

황태후는 편한 표정을 지으며 한쪽 손을 치켜들었다.

"혹시 나중에 다시 돌아가면, 새로운 황제에게 이 말을 전해 줬으면 좋겠군."

"무슨 말?"

"퀘스트가 생겨도 무시하라고."

그와 동시에 황태후는 연구 시설의 천장을 향해 스케라 빔을 방출했다.

*   *   *

지금까지 내가 봤던 스케라 빔 중에 가장 강력한 위력이다.

얼마나 강력한지, 과거에 스케라 빔으로 한 번 죽었던 공포가 다시 떠오를 지경이었다.

쿠구구구구구구구구구구…….

동시에 시설 전체가 흔들리며 천장에서 흙먼지가 떨어지기 시작했다.

"흐음……."

황태후는 비틀거리며 천천히 내 쪽으로 다가왔다.

"퀘스트는 평생의 짐일 뿐이야. 신은 많은 사람에게 관심을 보이지만… 결국 실제로 선택하는 건 딱 한 명뿐이라고 말해주면 좋겠군."

"왜?"

나는 마른침을 삼키며 다시 물었다.

"왜 위쪽으로 스케라 빔을 쏜 거지?"

"말했지 않나? 아이릭을 무너뜨리기 위해서지."

황태후는 금방 내 앞까지 걸어왔다.

그녀는 여전히 강력한 마력을 가지고 있었다. 하지만 압도적이었던 스케라는 방금 전의 공격으로 완전 고갈된 상태였다.

"그러고 보니 괜한 짓을 했어."

황태후는 들고 있던 지팡이로 내 쪽을 가리켰다.

"원래는 아이릭과 더불어 이 건물에 있는 모든 걸 파괴할 생각이었는데 말이야. 네가 대피시킨 덕분에 한 번에 싹 쓸어버릴 수가 없게 됐지 뭔가."

"그거 미안하군. 맵온에 거치적거리는 걸 치워 버리느라."

"그런가… 하지만 별일은 아니지. 어차피 아이릭의 정수는 이 건물 안에 몽땅 집약되어 있으니까. 다시는 융합 같은 짓은 하지 못할 거야."

"다 좋은 이야긴데……."

나는 황태후의 등에 달린 지구인의 얼굴을 보며 눈살을 찌푸렸다.

"이 정도로 본사 건물이 무너질까? 여긴 지하로 3㎞나 내려온 땅속이다. 아무리 당신이 쏜 스케라 빔이 강력해도 지상까지 닿진 못했을 텐데?"

"몰랐나 보군."

황태후는 손가락으로 천장을 가리켰다.

"이 연구 시설과 본사 건물 사이에는 스케라 플랜트가 있지."

"스케라 플랜트?"

"연료로 사용하는 스케라를 충전하는 장치야. 일단 여기에 집결한 다음에 아이릭 전역으로 공급하지. 도시 전체가 몇 달 간 사용할 수 있는 스케라가 저장되어 있어. 폭발하면 어떻게 될 것 같나?"

그 순간, 나는 자리를 박차며 엘리베이터가 있는 곳으로 몸을 날렸다.

동시에 엘리베이터 앞에 미리 만들어놓은 마법진 위에 올라탔다.

"정말 빠르군."

황태후는 그런 나를 돌아보며 웃었다.

"그럼 만나서 즐거웠네, 문주한. 처음이었지만 아마도 마지막이겠지. 딱히 너를 죽일 생각은 없었어. 하지만 죽는다면 손자의 복수라고 생각하시게."

나는 대꾸하지 않고 마법진을 발동시켰다.

우웅!

텔레포트 직전에 마지막으로 본 것은 구멍 난 천장으로부터 쏟아져 내려오는 굵은 폭염의 줄기였다.

　　　　　*　　　　　*　　　　　*

　순간 눈앞이 어두워졌다.

　텔레포트 직전에 본 것이 너무도 밝았기 때문에, 밖에 나왔음에도 불구하고 여전히 지하에 남아 있는 기분이었다.

　"지금 당장 도망쳐!"

　나는 옆에 대기 중인 수송선에 올라타며 소리쳤다.

　"지금 당장! 빨리 조종석으로 건너가서 날아올라!"

　"네?"

　조종사는 조종석이 아닌 수송 칸에 걸터앉아 있었다. 그는 재빨리 몸을 일으키며 열려 있던 문을 닫았다.

　"무슨 일입니까?"

　"곧 폭발이 일어난다! 아이릭 본사 건물 전체가 날아갈 거야!"

　"네?"

　"질문은 나중에! 빨리 조종석으로 가!"

　"조… 종석에 갈 필요는 없습니다! 어차피 직접 조종하는 건 아니니까요!"

　조종사는 눈을 감으며 무선으로 수송선을 조종하기 시작했다.

　우웅…….

　곧바로 낮은 진동과 함께 수송선이 날아올랐다.

　그리고 약 10초 후.

쿠구구구구구구구구구구구궁…….

무거운 폭음과 함께 수송선 전체가 심하게 흔들렸다.

수송선 내부가 완벽한 방음이 된다는 것을 감안하면, 바깥에 얼마나 엄청난 폭발이 일어났는지 대충 예상할 수 있었다.

'그래도 창문이 없어서 갑갑하군. 밖에 정확히 무슨 일이 벌어지고 있는 거지?'

그러자 눈을 감고 있던 조종사가 소리쳤다.

"꽉 잡으십시오! 날아갑니다!"

"날아간다고? 이미 날아가고 있지 않나?"

동시에 수송선이 정말 날아갔다. 자의가 아닌 외부의 거대한 힘에 튕겨서…….

"으아아아아아아아아악!"

격렬한 충격 속에 조종사가 비명을 질러댔다.

전신 사이보그인 그는 아마도 수송선과 연결된 카메라를 통해 무선으로 밖에서 벌어지는 일을 보고 있을 것이다.

'이건 위험해. 흔들림이 심상치 않다.'

나는 즉시 조종사의 몸을 껴안은 다음 오러 실드를 전개했다. 그리고 바로 그 순간.

콰지지지지지지지지지직!

수송선 전체가 종잇장처럼 찢겨 날아갔다.

"큭!"

충격은 내 몸에도 똑같이 전해졌다. 나는 오러 실드를 뒤흔드는 격렬한 진동과 함께 텅 빈 허공에 내던져졌다.

'무시무시하군.'

덕분에 세상에서 벌어지는 일들을 내려다볼 수 있었다. 아이릭 본사는 거대한 화염에 휩싸인 채 새까만 폭염의 구름을 내뿜었고, 도시 곳곳에 지면이 갈라지며 새로운 폭발이 간헐천처럼 솟구쳐 올라왔다.

콰과과과과과과과광!

콰과과과과과과광!

콰과과과과과과과광!

그 폭발 하나하나가 강력한 스케라 빔 정도의 위력이다. 스치는 모든 건물을 소멸시키고 박살 내며, 모든 것을 먼지 더미로 바꿔놓았다.

그런 폭발이 1초에 수십 번씩 도시 전체를 휘감았다.

그 때문에 내 몸도 하늘 높은 곳까지 튕겨 날아갔다. 나는 오러 윙을 전개해 균형을 잡은 다음, 전력을 다해 폭발의 중심으로부터 달아났다.

그 와중에도 아이릭의 본사 건물 자체는 무너지지 않고 그 자리에서 버티고 있었다.

'엄청 튼튼하게 지어졌나 보군.'

나는 혀를 내둘렀다. 그러자 품 안에서 움찔거리던 조종사가 내 몸을 꽉 껴안으며 소리쳤다.

"살려주세요! 살려주세요!"

"괜찮습니다. 진정하세요."

나는 말투를 가라앉히며 조용히 말했다. 조종사는 사시나무처럼 몸을 떨며 이를 딱딱 부딪쳤다.

"대, 대체 무슨 일이 벌어진 겁니까?"

"아이릭 본사의 지하에 위치한 스케라 플랜트가 폭발한 것 같습니다."

"스케라 플랜트가요? 그건 진짜 깊이 묻어놓는 건데……."

"실험 시설이 그보다 더 아래쪽에 있던 게 문제였군요."

"세상에……."

조종사는 멍한 얼굴로 고개를 저었다.

"그러면 아이릭은… 이제 끝이군요."

그리고 그 순간.

콰과과과과과광!

정작 폭발의 중심이면서도, 끝까지 버티고 있던 아이릭 본사 건물에 불덩어리들이 떨어졌다.

거리가 멀어져서 불덩어리는 작은 구슬처럼 보였고, 폭발도 그리 크게 느껴지진 않았다.

하지만 실제로는 어마어마한 크기의 거대한 불덩어리일 것이다. 나는 그것이 아크 위저드 중에서도 황태후만 사용할 수 있다는 '헤비 미티어'라고 직감했다.

'유메라 크루이거… 아직 안 죽은 건가?'

죽기 직전에 사용한 것인지, 아니면 나처럼 어딘가 안전한 곳으로 몸을 피한 다음 쓴 것인지는 알 수 없다.

어쨌든 그 일격이 최후의 일격이었다. 아이릭의 본사 건물은 그제야 숨이 끊어진 공룡처럼 천천히 허물어지기 시작했다.

　　　*　　　　*　　　　*

　"폭발의 규모에 비해 피해자는 생각보다 적은 것 같다."

　올더 랜드의 수장인 비샤가 자신의 방에 초대형 스크린을 띄우며 말했다.

　"미리 본사 주변에 인간들을 대피시켜 놓았기 때문이겠지. 네가 부탁한 일이라고?"

　"부탁이 아니라 조건이었습니다. 이젠 의미가 없어졌지만요."

　"그런가? 어쨌든 아이릭은 이걸로 끝인 것 같다."

　"복구할 수 없는 겁니까?"

　"언젠가는 가능하겠지. 하지만 조금 전에 루나하이에게 연락이 왔다. 아이릭의 뇌파가 사라졌다더군."

　"네?"

　"세 기업의 수장들은 서로의 뇌파를 추적하는 기술을 가지고 있다. 결국 죽었다는 말이지. 아니면 추적을 막기 위해 수백 미터 두께의 특수 금속으로 만들어진 방호 시설에 들어갔다던가. 그런데……."

　비샤는 생지옥이 된 도시를 바라보며 고개를 저었다.

　"저 안에 그런 장소가 있을 것 같지 않군. 있었더라도 벌써 박살 났을 거다."

　"딱히 안타깝진 않습니다."

　나는 악몽 같던 융합체들을 떠올리며 한쪽 어깨를 으쓱였다.

"죽을 놈이 죽었을 뿐이죠. 그래서 앞으론 어떻게 될까요?"

"아마 모든 기업이 루나하이로 통합되겠지. 그게 의미가 있다면 말이지만."

비샤는 한때 자신이 들어 있던 관을 바라보며 물었다.

"그래서 우리에게 어느 정도 시간이 남아 있는 건가?"

"네?"

"루나하이 시티가 보이디아 차원과 연결된다며? 그때까지 정확히 얼마나 시간이 남은 거지?"

"그걸 어떻게……."

나는 말하지 않았다. 비샤는 내 손가락을 가리키며 차갑게 웃었다.

나는 깜짝 놀라며 반지를 만졌다.

"설마 이걸로 도청한 겁니까? 그렇게 깊이 있었는데도 전파가 통합니까?"

"밖으로 나온 다음에 확인했다. 변환의 반지는 주변 상황을 계속해서 저장하니까. 불쾌했다면 미안하군."

"딱히 상관은 없습니다만……."

나는 한숨을 내쉬며 고개를 저었다.

"정확히 언제부터 시작될지는 모릅니다. 다만 레비그라스의 경우를 보면… 빠르면 20일 안에 시작될 겁니다."

"한 마리씩?"

"그것도 알 수 없습니다. 확실한 건 일단 소환되기 시작하면 소환되는 간격이 점점 줄어든다는 사실뿐입니다."

그래서 애가 탄다. 지금 이 시간에도 레비그라스에는 계속해서 공허 합성체들이 소환되고 있을 테니까.

'스텔라, 그리고 모두들······.'

"루나하이와 상의를 해야겠군. 그래서 너는 언제 돌아간다고?"

"닷새 후입니다. 더 빨리 가고 싶지만 시간제한이 있어서 어쩔 수 없습니다."

"혹시 이쪽에 남아서 우릴 지켜줄 생각은 없나?"

"···죄송합니다."

나는 고개를 저었다. 그러자 비샤도 고개를 저었다.

"아니, 죄송할 필요는 없어. 먼저 자신의 세계를 챙겨야지. 그게 당연한 거니까."

"사실 그런 문제는 아닙니다. 어차피 레비그라스로 돌아가도 곧바로 떠날 테니까요."

"떠난다고? 어디로? 지구?"

"보이디아입니다."

나는 보이디아 차원을 공략할 계획을 간략히 설명했다. 멍하니 있던 비샤는 이내 놀란 얼굴로 고개를 끄덕이기 시작했다.

"그런가. 아예 원인을 제거하기로 결심한 거군."

"오비탈에 돌아온 것도 소모한 스케라를 회복하기 위해서입니다. 보이디아를 공략하기 전에 모든 준비를 완벽하게 해두고 싶었습니다. 다만 생각지도 못한 착오가 생겨서······."

"시간 말이지?"

비샤는 또다시 변환의 반지를 가리켰다. 나는 쓴웃음을 지으며 고개를 끄덕였다.

"아이릭과의 대화도 전부 들었나 보군요. 제발 그사이에 별일 없기를 바랄 뿐입니다."

"고작해야 딱 두 번 왕복한 셈이다. 의외로 많은 시간이 지나진 않았을지도 모르지. 미리 걱정할 필요는 없지 않을까?"

"말씀대로입니다. 하지만 신경 쓰이는 게 몇 가지 더 있습니다."

나는 투박하게 생긴 철제 의자를 집어 들고 비샤의 옆에 가져가 앉았다.

"우선 장소입니다."

"장소?"

"제가 전이한 장소는 여기였습니다. 그런데 실제로 전이된 곳은 올더 랜드가 아니라 루나하이시티였죠."

"장소가 바뀌었단 말이군. 원인은?"

"그것을 모르겠습니다. 예전이라면 전이의 각인을 담당하는 초월체의 농간이라고 생각하겠지만……."

하지만 문제의 초월체는 더 이상 없다. 나는 잠시 생각하다 의견을 말했다.

"어쩌면 대규모로 출몰한 공허 합성체가 각인 능력을 교란했을지도 모릅니다. 만약 그렇다면 문제가 심각합니다."

"어떤 문제?"

"보이디아는 분명 공허 합성체 천지일 겁니다. 그럼 어떻게 되겠습니까? 전이 자체가 실패할지도 모르고, 성공하더라도 공허 합성체가 가장 많이 깔려 있는 장소로 떨어질지도 모릅니다."

정확히는 떨어지는 게 아니라 '연결'될 것이다. 이번에는 차원의 문을 열 테니까.

"너라면 상관없지 않을까? 싸우는 걸 보니 아주 쉽게 처리하던데?"

비샤는 별거 아니라는 표정이었다. 나는 한숨을 내쉬며 고개를 저었다.

"방심할 수는 없습니다. 대체 얼마나 많은 공허 합성체가 버티고 있는지도 모르고… 무엇보다 루나하이 시티에 나타난 놈들은 최상급이 아닙니다."

"최상급? 그럼 그보다 강한 몬스터가 존재한단 말인가?"

"네. 일단 덩치부터 두 배는 더 큽니다. 전장이 200미터에 달하죠."

"200미터라……."

잠시 침묵하던 비샤는, 마찬가지로 의자를 하나 집어 들고 내 앞에 가져다 앉으며 말했다.

"그런 놈들이 수백 마리씩 계속 몰려온다면 답이 없겠군."

"네. 답이 없습니다."

"그럼 최대한 신속하게 그걸 파괴해야겠군. 아까 말한 성물 말이지."

"네. 큐브라고 하더군요."

"그런데 공허 합성체는 인간을 감지한다고?"

"네. 일정 거리 안에 인간이 있으면 귀신같이 알아내고 다가옵니다."

"무엇으로 감지하는 거지? 설마 후각인가? 코가 있는 것 같지는 않은데… 아니면 생체 자기장이나 뇌파인가?"

"확실한 건 모릅니다. 일단 노출되면 더 가까운 곳에 새로운 인간이 감지될 때까지 추격합니다."

덕분에 전생의 지구에는 우주 괴수의 추격에서 빠져나오는 방법이 있었다.

'귀환자들이 있는 곳으로 아슬아슬하게 접근하는 건데… 이것도 목숨이 위험한 건 똑같았지. 귀환자에게 걸려도 죽는 건 마찬가지니까.'

"까다롭군. 보이디아 차원에 너 말고 다른 인간이 존재할 리도 없고. 그런데 대체 이런 정보는 어떤 과정을 거쳐서 얻은 거지?"

"직접 경험을 통해 얻은 겁니다. 그리고 신경 쓰이는 건 이것만이 아닙니다. 사실 이건 비밀인데……."

나는 잠시 고민하다 비샤의 앞으로 의자를 바짝 당겼다.

"비샤, 저와 한 가지 거래를 하시겠습니까?"

"거래? 필요 없어. 원하는 게 있으면 뭐든 말해. 그냥 줄 테니까."

비샤는 양팔을 벌렸다. 나는 고개를 저으며 말했다.

"그러면 거래가 아니죠. 들으시면 정말 놀랄 비밀을 하나 알려 드리겠습니다. 대신 제 부탁을 하나 들어주십시오."

"대체 뭘 부탁하려고… 아, 혹시 날 그 주머니에 넣고 보이디아 차원에 넘어가려는 건가? 전에 그 슌이라는 인간처럼?"

"그것… 도 매력적인 이야기군요. 하지만 아닙니다. 당신은 전신 사이보그가 아니니까요."

"하지만 너도 사이보그가 아닌데 그 주머니에 들어가지 않았나?"

"그런 이야기가 아닙니다. 인간은 다른 차원에 가는 순간 사망합니다. 오직 지구인만 적응하고 생존이 가능하죠. 황태후처럼 전신 사이보그라면 견딜 수 있는 것 같습니다만……."

물론 레빈슨처럼 우주복을 입으면 일정 시간은 버틸 수 있는 것 같다.

하지만 비샤에게 우주복을 입히면 전투는 결코 기대할 수 없을 것이다. 그녀는 이해했다는 듯 고개를 끄덕였다.

"그런 문제가 있군. 그럼 이참에 전신 사이보그로 개조할까? 어차피 남은 인간 파츠도 거의 없는데."

"아닙니다. 없으면 없을수록 남은 걸 소중히 아끼는 게 좋겠죠."

"다정하군. 그래, 좋아. 아무튼 거래를 하도록 하지."

비샤는 가볍게 웃으며 고개를 끄덕였다. 나는 내가 하는 발언이 루나하이에게도 들어갈 것을 고려하며 조금 더 생각했다.

"…큰 상관은 없겠군요."

"응?"

"아닙니다. 일단 제가 말씀드릴 비밀은… 제가 가진 또 다른 초월 능력에 관해서입니다."

*　　　*　　　*

"뭐? 목숨이 다섯 개라고?"

비샤가 이렇게까지 놀라는 모습은 처음 봤다. 나는 고개를 끄덕이며 말했다.

"네. 하지만 오비탈에서는 똑같이 적용되지 않았습니다."

"적용? 아… 그러니까 여기 와서도 실제로는 죽었던 건가?"

"한 번 죽었습니다. 그런데 남은 횟수가 두 번씩 줄더군요."

나는 오비탈 제국의 기사인 에피키언스의 스케라 빔에 죽었던 기억을 떠올렸다. 비샤는 입을 다물고 잠시 고민하다 물었다.

"왜 그러지? 레비그라스와 오비탈은 초월 능력이 다르게 적용되나?"

"그걸 모르겠습니다. 오비탈만 특이한 건지, 아니면 원래 다 그런 건지."

"지구는? 지구에서도 두 번씩 깎이나?"

"지구에서는 죽어보지 않아서 모르겠습니다."

"그런가… 아무튼 문제는 보이디아 차원이겠군."

나는 한숨과 함께 고개를 끄덕였다.

"네. 보이디아 차원에서도 같은 방식으로 적용되는 게 문제입니다."

"어쩌면 거긴 한 번에 두 번이 아니라 세 번씩 깎일지도 모르고. 어쩌면 그보다 많이… 아니, 아예 한 번에 다섯 번의 목숨이 몽땅 사라져서 끝장날지도 모르겠군."

비샤는 내가 두려워하는 포인트를 정확히 짚고 있었다. 그녀는 한동안 고민하다 내 눈을 정면으로 마주 보았다.

"일단 없다고 생각하는 게 좋겠어."

"네?"

"여분의 목숨 말이지. 보이디아 차원에 가면 아예 없는 셈 치는 게 좋겠다고. 괜히 부활을 기대하고 방심했다가 아무것도 없으면 그게 가장 치명적이니까."

"물론입니다. 그걸 확인하겠다고 일부러 죽을 생각도 없습니다. 하지만 제가 궁금한 건 '어째서'입니다."

"어째서……."

"물론 생각만으로는 결과를 낼 수 없습니다. 하지만 여긴 오비탈 차원이죠. 문명과 과학이 발달한 세상입니다. 그리고 당신은 그 세상에서도 가장 나이가 많은 존재고 말입니다."

"그렇긴 한데, 그래서?"

"같이 생각하고 고민하면 뭔가 답이 나오지 않겠습니까? 비록 가설이라도 유력한 가설을 만들 수 있다면 조금이라도 도움이 될 겁니다."

"정말 도움이 될까?"

"결론이 나온다면… 최소한 제 마음이 편해지겠죠."

"그런가……."

비샤는 고개를 숙이며 한동안 생각에 잠겼다.

"…나보다는 루나하이를 부르는 게 좋겠어. 그 아이는 천재니까."

"좋습니다. 다 같이 생각하면 더 빨리 결과가 나오겠죠."

"너무 기대하지는 말고."

비샤는 부담스러운 듯 웃었다.

"어쨌든 놀라운 비밀, 잘 들었어. 확실히 대단한 이야기네. 설마 거짓말은 아닐 테고."

"의심이 간다면 마인드 리딩을 써도 상관없습니다."

"아니야. 믿어. 이런 와중에 네가 쓸데없이 헛소리를 할 리는 없으니까. 어쨌든 조건은 뭔데?"

"네?"

"거래 조건 말이야. 뭔가를 대가로 부탁한다고 했잖아?"

"아, 부탁이라면……."

나는 비샤의 관 뒤쪽에 놓인 거대한 충전 시설을 돌아보며 말했다.

"저겁니다."

"응? 뭐?"

"저거라고요."

"저거? 비홀더 말이야?"

비샤의 표정이 일그러졌다. 나는 웃으며 고개를 저었다.

"비홀더는 필요 없습니다. 제가 원하는 건 비홀더와 연결된 충전 시설입니다. 저것만 가져갈 수 있다면 변환의 반지를 몇 번이나 충전할 수 있을 테니까요."

• 112장 •
어둠의 레비그라스

일주일은 순식간에 지나갔다.

대부분의 시간은 비샤와 루나하이와 함께 여러 가지 문제를 토론하는 데 사용했다.

5일째 되는 날에는 올더 랜드의 본진을 지상으로 이전하는 작업이 시작됐다. 더 이상 다른 두 기업의 눈치를 볼 필요가 없어졌기 때문에, 올더들도 마음 놓고 자신들이 원하는 삶을 선택할 수 있었다.

6일째엔 루나하이 시티의 중심부에 새로운 공허 합성체가 출몰했다. 다행히 레비그라스에 출몰하는 녀석과 비슷한 수준이라 루나하이의 군대가 어렵지 않게 제압할 수 있었다.

"저번에 우주에서 쏟아진 놈들이 문제지, 이 정도라면 우리

힘으로도 충분히 상대할 수 있어."

루나하이는 자신감을 드러냈다. 문제는 공허 합성체를 제압하든, 제압하지 못하든 결과적으로 큰 차이가 없다는 것이다.

오비탈 차원의 오염도는 계속해서 높아질 테니까.

*   *   *

"일단 이것저것 가져와 봤어."

루나하이는 로봇이 끌고 온 크고 작은 짐 상자들을 가리켰다. 나는 난감한 표정으로 되물었다.

"대체 우주복을 몇 벌이나 가져온 겁니까? 한 벌이면 충분했는데."

"아니야. 부탁한 거 말고도 내가 쓸 만하다 싶은 걸 가져왔어. 리스트와 매뉴얼은 변환의 반지에 업로드해 놨으니까 필요할 때 알아서 사용해."

"뭘 어떻게 사용합니까?"

"반지에 대고 '리스트'라고 말하면 돼. 간단하지?"

"그렇긴 합니다만……."

상자가 워낙 많아서 일일이 열어볼 엄두가 안 났다. 나는 시공간의 주머니를 꺼내 커다란 상자부터 하나씩 집어넣으며 말했다.

"아무튼 감사합니다. 돌아가서 하나씩 확인하도록 하겠습니다."

"이쪽은 걱정하지 마."

루나하이는 팔짱을 끼며 당당하게 말했다.

"어제 나온 공허 합성체 정도는 쉽게 처리할 수 있으니까."

"방심은 금물입니다. 점점 간격이 빨라집니다. 더 강한 녀석이 나올 수도 있고요."

"괜찮아. 여차하면 제국 기사의 도움을 받을 테니까. 그렇지, 비샤?"

"그래. 필요하면 얼마든지 불러라."

비샤는 기계장치와 떨어진 비홀더를 손으로 쓰다듬고 있었다. 루나하이는 갑자기 목소리를 낮추며 물었다.

"그런데 말이야, 오염도가 끝까지 높아지면 결국 어떻게 돼?"

"태양이 완전히 가려집니다."

나도 덩달아 목소리를 낮추며 말했다.

"그리고 인간들의 정신에 문제가 생깁니다. 정신력이 낮은 사람들부터… 하지만 약물로 커버가 가능합니다."

"항우울제 같은 거? 벌써 증상을 호소하는 사람들이 나오고 있어."

"오비탈 차원의 인간들은 전반적으로 정신력이 약합니다. 육체를 기계로 바꾸면 상대적으로 정신력이 성장하지 못하는 것 같습니다."

"그건 좀 뜨끔한 이야기인데… 그런데 대책은?"

"물론 근본적인 대책은 제가 보이디아에 넘어가서 문제의 근원을 해결하는 것뿐입니다."

"아니, 그러니까 그거 성공한 다음에 말이야."

"네?"

"네가 만약 성공한다고 해도, 이미 오염된 보이디아의 저주가 사라지진 않을 거 아냐?"

그것은 생각해 보지 못한 관점이었다. 나는 눈살을 찌푸리며 잠시 고민하다 말했다.

"그럴 수도 있겠군요. 만약 기존에 오염된 저주가 사라지지 않는다면……."

"일단 우리가 연구를 하고 있어. 어떻게든 필터 같은 걸로 걸러서 오염도를 낮추는 기술을."

"그게 가능합니까?"

"이론적으론?"

루나하이는 한쪽 어깨를 으쓱였다.

"하지만 이론적으로도 엄청 느려. 그래도 완성된다면, 그리고 추가적인 오염이 없다면 언젠가는 전부 걷어낼 수도 있겠지? 그러니까 나중에 한번 다시 꼭 들러. 그쪽 세상에도 내가 만든 정화 기계가 필요할지 모르니까."

그것은 여러 가지 의미를 담고 있는 말이었다. 나는 한숨을 내쉬며 대답했다.

"감사합니다. 되도록 그런 일이 벌어지지 않으면 좋겠지만요."

"그게 최고겠지. 아무튼 성공을 기원할게."

루나하이는 까치발을 세우며 내 어깨를 두드렸다. 나는 고개를 끄덕이며 뒤를 돌아 소리쳤다.

"비샤, 이제 돌아갈 겁니다!"

"그래! 잘 가! 비홀더가 기분이 안 좋아서 배웅은 안 할게!"

비샤는 고개도 돌리지 않은 채 손을 흔들었다. 그러자 루나하이가 피식 웃으며 속삭이듯 말했다.

"저 아줌마도 보기보다 정이 많아서 그래. 얼굴 보면 헤어지는 게 더 힘들어질 것 같으니까."

"그것참……."

나는 가볍게 웃으며 고개를 저었다. 루나하이는 한 발 뒤로 물러나며 내 얼굴을 바라보았다.

"그런데 말이야, 문주한."

"네?"

"비샤는 미인이지?"

대단히 뜬금없는 질문이었다. 나는 영문을 모르겠다는 얼굴로 고개를 끄덕였다.

"물론 그렇습니다만……."

"그리고 나도 미인이고. 나이는 어리게 세팅되어 있지만."

"부정하진 않겠습니다. 그런데 갑자기 왜 그런 걸 물어보십니까?"

"그냥 궁금해서. 너는 우리 둘 중에 어떤 게 타입이야?"

"둘 다 아닙니다."

"와, 지금 한 대 쥐어박을 뻔했어."

루나하이는 눈살을 찌푸리며 다시 물었다.

"그래도 굳이 선택하자면?"

"굳이 선택하자면 비샤입니다."

"너… 한 대 때려도 돼?"

"마음대로 하십시오. 시간이 없으니 최대한 빨리."

나는 손을 들어 스스로를 겨냥했다. 루나하이는 혀를 차며 한 발 더 뒤로 물러났다.

"쳇, 농담이야. 아무튼 알았어. 하지만 누구에게나 숨겨놓은 취향이란 게 있게 마련이니까. 나중에 천천히 확인해 봐."

"그럴 일은 절대 없을 겁니다."

나는 쓴웃음을 지으며 고개를 저었다.

그리고 곧바로 전이의 각인을 발동시켰다. 목표는 레비그라스의 자유 진영에 있는 안티카 왕국의 대도시, 뱅가드였다.

*　　　　*　　　　*

만약 예정대로 뱅가드에 도착한다면, 그것만으로도 레비그라스의 상황이 아직 심각하지 않다는 것을 의미한다.

"공허 합성체는 그 존재 자체가 차원에 왜곡을 발생시킨다. 결국 어떤 차원에 대규모의 공허 합성체가 존재한다면, 그것만으로도 차원을 이동하는 전이의 각인을 교란시킬 가능성이 생긴다."

그것이 비샤와 루나하이와 내가 내린 최종 가설이었다.

'제발 뱅가드에 떨어져라. 제발 뱅가드에 도착해라. 제발 뱅가드로 이동해라…….'

그래서 더욱 필사적으로 기원했다. 물론 내가 열심히 빈다고 해서 이미 벌어진 현실이 바뀌지는 않을 것이다.

*   *   *

실제로도 그러했다.

정신을 차렸을 때, 내가 쓰러져 있는 곳은 어느 황무지의 한복판이었다.

확실한 건 뱅가드는 아니다. 만약 내가 없는 사이에 뱅가드가 멸망했다 해도, 이렇게 깔끔하게 흔적 하나 없이 사라질 수는 없다.

그리고 밤이었다.

완벽한 깊은 밤은 아니다. 초저녁이나 이른 새벽을 연상시키는 희미한 어둠이 깔려 있었다.

마지막으로 하늘 한가운데 달이 떠 있다.

'달치고는 너무 큰데?'

나는 멍하니 그것을 올려다보았다.

그리고 잠시 후, 그것이 달이 아니라는 사실을 깨닫고 전율했다.

태양이다.

검은 하늘이 빛을 가린 탓에, 얼핏 보면 달처럼 보일 뿐이다.

나는 휘청거렸다.

하마터면 주저앉을 뻔했다. 마지막 멸망 직전의 지구와 너무도 흡사한 풍경에 가슴이 철렁 내려앉았다.

"이건 너무 심하잖아… 대체 시간이 얼마나 지난 거지?"

나는 미친 사람처럼 중얼거렸다.

레비그라스는 이미 태양이 가려질 정도로 오염됐다. 감정의 각인을 사용하면 금방 오염도를 파악할 수 있겠지만, 나는 차마 각인을 발동시킬 수가 없었다.

두렵다.

각인을 발동시켰을 때 알게 될 현실이 두려웠다. 감정의 각인은 물론이고, 맵온을 발동시키면 심장이 멎어버릴지도 모른다.

만약 맵온에 인간이 단 한 명밖에 나오지 않는다면…….

그때 멀리서 음울한 울음소리가 울렸다.

우우우우우우우우우우……

공허 합성체의 울음소리다.

동시에 머릿속이 새빨갛게 물들었다.

그리고 얼마나 시간이 지났을까?

정신을 차렸을 때는 이미 유체 금속 검을 전개하고 있었다.

벌써 근처에 있던 세 마리의 공허 합성체를 해치웠고, 계속해서 몰려오는 네 마리의 적을 향해 네 자루의 검을 분산시켜 전개하고 있었다.

'침착해라, 문주한. 정신을 바짝 차려야 해.'

나는 이를 악물며 스스로를 가다듬었다.

'방금 내가 폭주한 건가? 분노에 사로잡혀서? 잠시 동안 기억을 잃을 정도로?'

지금까지의 나로선 상상도 못 할 일이다. 나는 곧바로 평정을 회복하며 맵온을 발동시켰다.

'공허 합성체.'

그러자 엄청난 숫자의 검은 점이 깜빡이기 시작했다.

내 주변에만 50개가 있고, 레비그라스 전역에는 약 2천 개의 점이 깜빡였다.

나는 눈을 감아버렸다.

하지만 그런다고 현실에서 눈을 돌릴 수는 없었다. 발동시킨 맵온은 눈을 감아도 여전히 그곳에 떠 있었으니까.

'결국… 엑페 님도 실패한 건가?'

내가 서 있는 곳은 과거 젠투의 대신전이 있던 주변의 황무지였다.

엑페는 이곳에 머물며 소환되는 공허 합성체를 처리하고 있었다. 하지만 상황을 볼 때, 점점 더 빠르게 소환되는 적들을 결국 감당하지 못하게 되었을 것이다.

나는 눈물을 흘렸다.

분노 다음은 슬픔이었다. 감정이 너무도 빠르고 강하게 변해서 즉각적인 대처가 불가능하다.

"내가 너무 늦은 건가……."

결국 나는 그 자리에 주저앉아 버렸다.

사실 몰려오는 공허 합성체는 별것 아니다.

스텟만 봐도 기존에 출몰하던 녀석들이 약간 더 강해졌을 뿐이다. 루나하이 시티에 출몰했던 녀석들에 비하면 기껏해야 절반 수준밖에 안 된다.

내가 조금만 힘을 쓰면 순식간에 몽땅 제거할 수 있다.

하지만 몸에 힘이 들어가지 않는다.

결국 내가 실수한 것이다.

내가 굳이 오비탈에 다녀온 탓에, 그사이 레비그라스가 멸망한 것이다.

죄책감은 절망을 부른다. 절망은 그 어떤 적보다 무겁고 강하게 내 몸을 무겁게 짓누르기 시작했다.

나는 좌절했다.

몸속이 새까맣게 물드는 것 같다. 나는 내가 하지 말아야 했을 일을 끊임없이 후회하며 스스로를 자책했다.

"이런 개 같은… 빌어먹을… 그랜드 마스터? 웃기고 있네… 겨우 이런 것도 예측하지 못했으면서……."

그사이, 새로운 공허 합성체들이 무더기로 거리를 좁혀왔다.

나는 멍하니 그들을 둘러보았다. 하늘 높이 띄워놓은 유체 금속 검들은 여전히 내 명령을 기다리고 있었지만, 나는 쉽사리 그것들을 움직일 수 없었다.

움직인다고 무슨 소용이 있을까?

어차피 난 실패했는데…….

　　　　*　　　　　*　　　　　*

　그때, 어딘가에서 높고 경쾌한 울음소리가 울려 퍼졌다.

　우우우우우우우우우우우!

　그것은 늑대 울음소리였다.

　그것이 내 정신을 번쩍하게 만들었다. 동시에 캄캄하던 하늘
이 순간적으로 밝아지며 사방에서 거대한 불덩어리들이 쏟아
져 내리기 시작했다.

　콰과과과과과과과과과과광!

　"…미티어?"

　하이 위저드, 혹은 아크 위저드는 되어야 쓸 수 있는 강력한
마법이다.

　그것이 동시에 열 발도 넘게 하늘에서 쏟아져 공허 합성체들
의 머리 위로 내리꽂혔다. 나는 사방에서 튀어오는 불의 파편
을 그대로 뒤집어쓰며 감탄했다.

　'이런 마법을 쓸 수 있는 인간들이 아직 레비그라스에 남아
있는 건가?'

　"뭐 하나, 애송이!"

　그때 하늘에서 카랑카랑한 목소리가 울렸다.

　"잠자코 보고 있었더니 뭐 하고 있는 거냐! 이제 와서 내가
다시 널 애송이라고 불러야겠냐?"

　"이… 이시테르?"

　나는 하늘을 올려다보며 중얼거렸다.

이시테르.

유메라 크루이거와 더불어, 신성제국의 쌍두마차로 불리던 또 한 명의 아크 위저드.

그리고 내게는 강력한 마법을 처음으로 전수해 준 스승이기도 했다. 그녀는 무리를 했는지 갈라진 목을 캑캑거리며 다시 소리쳤다.

"안 싸울 거면 비켜 있기나 해! 거기 멍하니 앉아 있지 말고!"

동시에 그녀의 주위가 확 밝아졌다. 그곳엔 이시테르를 제외하고도 다섯 명의 마법사가 함께 떠 있었다.

"아……."

그들 모두 본 적 있는 얼굴이다. 마지막으로 바람계곡에서 구해냈던 지구인, 그중에서도 마법사들이었다.

하지만 강하다.

마지막으로 봤을 때와 비교해서 마력의 흐름이 엄청나게 강해졌다. 개개인의 차이는 있지만, 그들 모두가 이시테르에 약간 못 미치거나, 혹은 그녀를 뛰어넘을 정도의 마력을 갖추고 있었다.

"…어떻게?"

그와 동시에 사방에서 색색의 빛이 날아들었다.

파란색과 남색.

그리고 보라색의 오러를 발동시킨 전사들이 무수히 달려들며 적들을 공격하기 시작했다.

그것은 지금의 내게 있어 참을 수 없을 만큼 아름다운 광경이었다.

수십 명의 강력한 전사들이, 마찬가지로 강력한 마법사들의 지원을 받으며 순식간에 공허 합성체들을 제거해 나갔다.

모두가 정해진 법칙에 따라 움직였고, 각자의 위치에서 서로서로 연계하며 손톱만큼의 빈틈도 허용하지 않는다.

한마디로 능숙했다. 굳이 내가 손을 쓸 필요도 없이, 주변에 몰려오던 40여 마리의 공허 합성체가 순식간에 전부 소멸했다.

그제야 나는 맵온에 새로운 검색어를 읊조렸다.

"인간⋯⋯."

그러자 온 세상에 새로운 점들이 반짝이기 시작했다. 덕분에 나는 다시 한번 눈물을 흘려야 했다.

내 기억 속의 마지막 지구와는 달랐다.

모두 살아 있었다.

거의 모두가.

*   *   *

캄캄한 도시 곳곳을 거대한 조명들이 비추고 있다.

물론 지구처럼 전기로 작동하는 조명은 아니다. 도시의 높은 건물마다 회전이 가능한 거대한 깔때기가 설치되어 있고, 깔때기 하나당 서너 명의 신관들이 달라붙어 빛을 만들어 쏘아내고 있었다.

"대부분 레비의 신관들입니다."

박 소위는 나와 함께 건물 옥상에 앉아 도시를 바라보고 있었다.

"신성제국의 인구 중에 80% 이상이 자유 진영으로 넘어왔습니다. 그중에 레비의 신관들은 대부분 저렇게 빛을 만드는 일에 종사하고 있습니다."

"크로니클에서 고용한 건가? 아니면 자유 진영이?"

"아닙니다. 본인들이 자처해서 봉사하고 있습니다."

박 소위는 고개를 저으며 말했다.

"그래도 먹고살 수 있을 만큼은 지원하고 있습니다. 저들이 없어지면 모든 자유 진영의 모든 도시가 어둠에 잠길 테니까요."

"그런가……."

나는 한숨을 내쉬며 도시를 내려다보았다.

이곳은 링카르트 공화국의 주요 도시 중 하나인 켈리런이다.

과거에 자유 진영들의 대표들이 모여 회의를 열던 이 도시는, 현재 젠투의 대신전에 출몰하는 공허 합성체를 공략하기 위한 최전방 전투 요새로 기능하고 있다.

"처음에는 신성제국도 그럭저럭 버텼습니다."

박 소위는 도시 한편에 자리 잡은 거대한 공터를 보며 말했다.

"그렇게 한 달쯤 지나자 전력이 전부 소진됐습니다. 우주 괴수가 출몰하는 속도는 점점 더 빨라졌고, 결국 성도 류브를 포함한 영토의 30%를 포기하고 지방으로 인구를 분산시켰습니다."

"하지만 그걸로 끝나지 않았겠지?"

"물론입니다. 결국 류브를 가득 채운 우주 괴수들이 도시 밖으로 빠져왔습니다. 신성제국 곳곳으로 퍼지기 시작했고, 다들 괴수를 피해 피난에 피난을 거듭했습니다. 그러다 결국 난민이 되어 자유 진영으로 넘어오게 됐죠."

"이렇게 된 건 언제부턴가?"

나는 손가락으로 하늘을 가리켰다. 박 소위는 잠시 침묵하다 말했다.

"정확히 언제부터라고 말하기는 어렵군요. 준장님이 떠나신 지 3개월쯤 후부터 징조가 보였습니다. 5개월쯤 지날 무렵엔 신성제국 전체가 이렇게 됐죠. 지금은 자유 진영의 영토에 절반이 이렇게 되었습니다."

"절반이라. 그럼 아직 태양이 비추는 곳이 있나?"

"네. 서쪽이나 북쪽은 아직 태양이 비춥니다. 뱅가드도 아직은 무사하죠. 지금은 인구가 백만을 돌파했을 겁니다."

"백만?"

"네. 피난민을 엄청나게 받았습니다. 그나마 태양도 비추고 경제적인 여력이 남아 있으니까요."

박 소위는 담담하게 말했다. 하지만 그의 얼굴엔 지워지지 않는 짙은 피로가 배여 있었다.

분명 힘들고 고통스러운 시간이었을 것이다. 나는 고개를 뒤로 젖히며 하늘을 바라보았다.

"내 잘못이다. 설마 그사이에 9개월이 지났을 줄이야……."

그렇다.

내가 오비탈에서 레비그라스로 돌아온 바로 그 순간, 이쪽은 약 260일의 시간이 지나 있었다.

박 소위는 이해할 수 없다는 얼굴로 물었다.

"대충 들었지만 아직도 확실히 모르겠습니다. 결국 다른 차원끼리의 시간의 흐름이 달라진 겁니까?"

"아니, 시간의 흐름은 여전히 똑같다. 단지 차원을 넘는 그 순간에 페널티가 적용되는 것 같아."

"페널티라니… 그 페널티는 누가 주는 겁니까?"

"글쎄, 적어도 레비는 아니겠지."

나는 어깨를 으쓱이며 말했다.

"레빈슨도 같은 문제를 겪고 있었다. 나중에는 오비탈에서 3분만 있다가 돌아가도 레비그라스의 하루가 지나 있었다고 하더군."

"자꾸 왔다 갔다 하면 페널티가 점점 더 늘어나는 모양이군요. 그럼 지구는 어떻게 되는 겁니까?"

"마찬가지겠지."

나는 짧게 대답했다.

그리고 한동안 침묵했다. 박 소위는 조명이 환하게 켜진 공터를 바라보며 말했다.

"사실 이쪽도 위험했습니다. 엑페 님도 한계가 있었으니까요.

나중엔 규호는 물론이고, 자유 진영에서 한가락 하는 강자들은 몽땅 동원돼서 교대로 우주 괴수와 싸웠습니다."

"한가락 하는 강자라… 팔틱 선생님 같은 분도 말인가?"

"팔틱 님은 돌아가셨습니다."

그리고 다시 침묵이 찾아왔다. 나는 한참 만에 입을 열며 물었다.

"언제 돌아가셨나?"

"5개월쯤 전입니다. 홀로 신성제국으로 넘어가셨습니다."

"신성제국? 왜?"

"피난 오는 제국민들을 돕기 위해서 몰래 떠나신 것 같습니다. 나중에 이시테르 님이 유해를 가지고 오셨습니다."

"그런가……."

나는 마지막으로 함께 수련했던 팔틱의 모습을 떠올렸다. 엑페에게 소드 스킬을 전수받으며 함께 고생했던 기억이 아직도 눈앞에 선했다.

"덕분에 이시테르 님이 이쪽에 합류하는 계기가 되었습니다. 이미 만나보셨죠?"

"그래. 돌아와서 처음 만난 게 그분이지."

"마침 작전 중이었습니다. 이시테르 님이 마법사들을 이끌어 주셔서 얼마나 큰 도움이 되었는지 모릅니다. '2기'는 가진 힘에 비해 이론적인 면이 부족했으니까요."

"2기?"

"준장님이 두 번째로 구해내신 지구인들 말입니다. 그들이 없었으면 신성제국도 멸망했을지 모릅니다."

마침 불이 밝혀진 공터에 수십 명의 사람들이 모이며 훈련을 하기 시작했다. 대부분이 2단계 소드 익스퍼트 이상의 강력한 전사들이었다.

"1기 중에도 강자들이 꽤 있지만… 2기는 그중에서도 레빈슨이 뛰어난 자들만 따로 골라서 빼돌린 인재입니다. 정말 강력하더군요. 개중엔 이미 소드 마스터가 된 자도 있습니다."

그러고 보니 몇 시간 전의 전투에서 보라색 오러를 빛내던 전사를 목격했다. 나는 오비탈 차원으로 떠나기 직전의 기억을 떠올리며 물었다.

"처음 구했을 때는 그 정도로 강한 자는 없었다. 지난 9개월 사이에 소드 마스터로 성장했다는 건가?"

"네. 우주 괴수를 사냥하면서 쭉쭉 강해졌습니다. 다들 자신의 한계치에 금방 도달했죠. 워낙 엄청나게 쏟아져 나왔으니까요. 준장님이 떠나시고 4개월쯤 지났을 때가 피크였습니다. 거의 10분에 한 마리씩 계속 소환됐죠."

"10분?"

나는 당황하며 소리쳤다.

"그런데 지금 이러고 있어도 되나? 벌써 서너 시간은 지났는데! 이미 몇십 마리가 그곳에 쌓여 있을 것 아닌가! 아니, 지금은 그때보다 다섯 달은 더 지났을 테니⋯⋯."

"아니, 괜찮습니다."

박 소위는 침착하게 대답했다.

"지금은 그렇게 소환되지 않습니다. 사흘 간격으로 한 번에 50여 마리가 소환되죠."

"사흘에 한 번씩?"

"네. 바로 오늘이 그날이었습니다. 전투를 막 시작하려는데 누군가 작전 지역의 한가운데 나타나서 모두들 당황했다고 하더군요."

박 소위는 피식 웃었다. 나도 함께 따라 웃으며 고개를 끄덕였다.

"그래. 다들 엄청 당황했겠군. 나도 마찬가지고."

"이제는 다들 작전에 익숙해져서 능숙하게 해치웁니다. 피해도 거의 나오지 않죠. 다만 최근엔 신성제국의 국경 쪽에서 몇 마리씩 이쪽으로 넘어오는 게 문제입니다."

"이미 신성제국 전체로 퍼졌나 보군."

나는 다시 한번 맵온을 열며 고개를 끄덕였다.

처음 맵온을 열었을 때는, 단지 세계지도에 2천 마리가 넘는 공허 합성체가 반짝이고 있다는 것에 좌절했다.

하지만 자세히 보니 대부분의 공허 합성체는 신성제국의 영토에 집중되어 있었다. 나는 때마침 링카르트 공화국과 신성제국의 국경 근처에서 반짝이는 검은 점 하나가 사라지는 것을 발견하며 말했다.

"방금 하나 사라졌네. 지금도 국경 근처에서 누가 공허 합성체를 사냥하고 있나?"

"네. 이제는 엑페 님이 그쪽을 맡고 계십니다."

"그렇군. 그러고 보니 아까 늑대 울음소리를 들은 것 같은데?"

"규호는 여전히 이쪽에서 싸우고 있습니다. 워울프의 함성에는 집단의 능력을 높이는 힘이 있지 않습니까?"

"그렇지. 그런데 내가 돌아왔다는 소식을 들었을 텐데 얼굴도 비추지 않는 건가? 혹시 삐졌나? 내가 너무 오랫동안 돌아오지 않아서?"

"그럴 리가요."

박 소위는 웃으며 고개를 저었다.

"작전 후에 마무리 훈련이 있어서 거기에 참가하고 있을 뿐입니다. 끝나면 바로 돌아올 겁니다."

당장 공터에서 훈련 중인 전사들 중에 덩치 큰 늑대 한 마리가 대열을 맞추는 것이 보였다. 나는 쓴웃음을 지으며 고개를 끄덕였다.

"규호도 이제 철들었군. 개인적인 감정보다 조직의 스케줄을 우선할 줄이야……."

"리더십이 대단합니다. 규호보다 강한 지구인은 많지만, 그래도 다들 통솔에 잘 따르고 있습니다."

"하긴, 녀석은 규호이자 동시에 워울프의 족장인 큰이빨이니까. 그렇게 생각하니 든든하군."

"2기 중에 마법사들은 이시테르 님이 직접 붙어서 지도하고 준비시켰습니다. 덕분에 우리가 보유한 아크 위저드만 총 네 명입니다."

"네 명이나?"

"사실 전부 준장님이 아는 사람일 겁니다. 예전에 지구에 왔던 귀환자 모두를 외우고 계시죠? 저도 기억날 정도니까요. 아크 위저드나 소드 마스터들은 말입니다."

그러고는 한 사람씩 이름을 말하기 시작했다. 나는 고개를 끄덕이며 전생의 기억을 살렸다.

소드 마스터만큼은 아니지만, 그래도 치명적인 힘을 가지고 있는 최악의 적들.

하지만 현재는 보이디아 차원의 공격을 함께 막아내는 동료가 되었다. 나는 몇 시간 전에 하늘에서 떨어지던 거대한 불덩어리들을 떠올리며 격세지감을 느꼈다.

그들은 더 이상 인류를 멸종시키는 존재가 아닌, 인류를 구원하는 존재였다. 나는 뿌듯함을 느끼며 깊이 숨을 들이마셨다.

그리고 가장 중요한 질문을 던졌다.

"그런데 박 소위?"

"네, 준장님."

"스텔라는 어디 있지? 직접 싸울 수 있는 전력은 아니니까… 뱅가드에 남아 있나?"

아마도 그럴 것이다. 그래서 당장은 대수롭지 않게 물었다.

하지만 박 소위는 대답하지 않았다.

"박 소위?"

"…죄송합니다, 준장님."

박 소위는 갑자기 그 자리에서 무릎을 꿇으며 말했다.

"죄송합니다, 준장님. 스텔라는 떠났습니다."

"뭐?"

"저는 스텔라를 막지 못했습니다. 도저히 견딜 수 없을 것 같아서, 어떻게든 지푸라기라도 잡아보려는 심정에……."

그러고는 죄인처럼 고개를 숙였다. 나는 심장이 빠르게 뛰는 것을 느끼며 박 소위를 억지로 일으켰다.

"자세히 말해. 내가 이해할 수 있도록."

*　　　*　　　*

공허 합성체가 소환되는 속도는 점점 빨라졌다.

그 때문에 내가 오비탈로 떠난 지 4개월이 지났을 무렵엔 엑페의 체력이 한계에 부딪혔다.

여전히 사냥 자체엔 문제가 없었다. 하지만 10분 간격으로 소환되는 적과 싸우느라 맘 편히 식사를 할 수도, 제대로 쉬거나 잠을 잘 수도 없게 된 것이다.

그리고 엑페가 죽거나 쓰러지면 모든 게 도미노처럼 함께 무너질 것이다. 실제로 엑페가 최소한의 수면을 위해 두세 시간 정도 자리를 비우는 동안, 대타로 자리를 메우던 자유 진영의 강자 수십 명이 무수히 쓰러지며 목숨을 잃었다.

그 탓에 엑페는 잠을 자도 잔 것 같은 상태가 아니었다. 아무리 휴식을 취해도, 좋은 포션을 몽땅 마셔도 떨어진 체력이

다시 회복되지 않았다.

이때 급하게 투입된 2기 지구인 중에 두 명이 목숨을 잃었다. 그들은 가진 힘에 비해 정신적인 준비가 부족했고, 집단으로 힘을 합쳐 협공을 펼치기엔 훈련도 제대로 되어 있지 않았다.

그때, 스텔라가 박 소위에게 한 가지 제안을 했다.

"내가 보이디아 차원으로 넘어갈게. 어쩌면 공허 합성체들이 넘어오는 간격을 줄일 수 있을지도 몰라."

박 소위는 당황했다.

그녀의 제안이 황당해서가 아니었다. 오히려 어떻게든 그렇게 될 수만 있다면, 시간을 벌고 재정비를 할 수 있다고 생각하는 스스로를 발견했기 때문이다.

"어째서 그게 가능한지는 알려주지 않았습니다. 하지만 스텔라는 확신하고 있었고… 그래서 저는 적극적으로 말리지 않았습니다."

박 소위의 표정엔 후회가 가득 차 있었다. 나는 눈을 질끈 감고 심호흡을 했다.

그리고 소리쳤다.

"박 소위!"

"죄송합니다, 준장님! 저는 정말 모두 끝장날 것 같아서……."

"무슨 헛소리를 하는 거냐! 왜 그런 표정을 짓고 있어! 설마 자신의 행동을 후회하고 있는 건가?"

"…네?"

박 소위는 퀭한 얼굴로 날 바라보았다. 나는 눈을 부릅뜨며 한 치의 망설임도 없이 말했다.

"넌 할 일을 했을 뿐이다. 아니, 하지 말아야 할 일을 안 했을 뿐이다. 후회하지 마! 잘했다! 덕분에 공허 합성체가 사흘 간격으로 소환되지 않았나? 그렇지?"

"그… 그렇습니다."

박 소위는 잠시 머뭇거리다 말을 이었다.

"스텔라는 공허 합성체가 소환된 직후에… 아직 열려 있는 검은 회오리 같은 곳으로 몸을 날렸습니다. 다른 전사들이 적을 유인하는 동안에 말입니다."

"좋아, 잘했다. 작전은 성공했나 보군."

"하지만 스텔라는……."

"걱정 마라."

나는 박 소위의 어깨를 두드리며 말했다.

"네 잘못은 아무것도 없다. 스텔라는 자신이 뭔가를 할 수 있다고 생각했고, 그것을 실행했을 뿐이다. 가슴 펴라. 넌 언제나 최선을 다했다. 네가 없었으면 레비그라스가 지금까지 버티지 못했어. 그 점을 자랑스럽게 생각해라."

"아……."

박 소위는 더 이상 똑바로 날 바라보지 못했다. 대신 고개를 숙이며 작게 중얼거렸다.

"감사합니다. 감사합니다, 준장님."

"이건 아무것도 아니다, 박 소위."

"네?"

"나도 며칠 후에 보이디아로 넘어갈 거다. 거기서 이 모든 일의 원흉을 끝낼 생각이지. 하지만 그때까지 얼마나 시간이 걸릴지 모른다. 너는 내가 성공할 그때까지 계속해서 레비그라스를 지켜야 한다. 알겠나? 전쟁은 아직 끝나지 않았다. 최후의 그 순간까지 방심하지 마라. 그리고 내가 없는 사이에 모두를 이끌고 병사들의 힘을 북돋아주어라. 그것이 장교의 역할이다. 알겠나?"

"네, 알겠습니다!"

박 소위는 고개를 치켜들며 경례를 붙였다. 나는 표정을 감추며 고개를 끄덕였다.

*　　　*　　　*

그날 밤, 나는 도시에서 가장 좋은 호텔의 침대에 누워 잠들지 못했다.

물론 내가 한 말은 모두 진심이었다.

박 소위는 잘못한 것이 전혀 없다. 그는 언제나 자랑스러운 나의 부하였고, 이제는 활력을 잃은 지도자들을 대신해, 자유 진영 전체를 떠받들고 있는 리더 중의 리더였다.

하지만 내겐 또 다른 진심이 있었다.

그것을 드러내지 않고 참는 것은 힘들었다. 정신력을 99를 찍었는데도, 갑자기 소리를 지르지 않기 위해 정신을 집중해야 했다.

하지만 난 해냈다. 그리고 지금은 혼자가 되어 마음껏 소리를 질렀다.

"왜!"

"왜!"

"왜! 왜 너 혼자!"

"왜애애애애애애애애애애애!"

아무리 소리를 질러도 상관없다.

여기는 10층짜리 호텔의 펜트하우스고, 호텔에 묵고 있는 투숙객은 오직 나 혼자뿐이니까.

박 소위는 날 위해 호텔의 모든 투숙객을 다른 시설로 옮겨주었다.

나 역시 미리 호텔의 직원들에게 말을 해놨다. 룸서비스 같은 것도 필요 없으니, 모두 건물에서 나가달라고.

덕분에 나는 마음 놓고 거의 한 시간 동안 소리를 지를 수 있었다.

중간에 뭔가를 약간 부신 것 같지만 크게 난리를 치진 않았다.

그리고 겨우 안정을 찾았다. 가슴속의 분노는 여전했지만, 이젠 그 분노가 특정한 누군가를 향해 집중되진 않는다.

"스텔라……."

나는 눈을 감고 그녀를 떠올렸다.

뭔가 방법이 있던 것이다. 원래 초월체와 가까운 존재였으니까.

하지만 그것을 위해 그녀가 보이디아 차원에서 어떤 일을 겪고 있을지는 상상조차 할 수 없다.

나는 한숨을 내쉬며 창밖을 바라보았다.

밤이지만 낮과 큰 차이는 없다. 창문 밖은 계속 캄캄했고, 간간히 신관들이 만든 서치라이트가 작은 공간을 열심히 비추며 움직였다.

그리고 늑대 한 마리의 얼굴이 거꾸로 보였다.

"……!"

순간적이지만 심장이 멈출 뻔했다.

어지간한 일에는 동요하지 않지만, 워낙 상황이 절묘해서 현실감을 잃을 지경이었다.

툭툭…….

늑대는 털이 북슬북슬한 손을 뻗어 창문을 두드렸다. 나는 길게 한숨을 내쉬며 그쪽으로 다가가 창문을 열어주었다.

"규호야, 간 떨어지는 줄 알았다."

"왜? 얼굴이 거꾸로 보여서?"

규호는 옥상의 난간에 거꾸로 매달린 채 창문 안쪽을 보고 있었다. 녀석은 허공에서 날렵하게 회전하며 여유 있게 방 안으로 들어왔다.

"원래 더 일찍 왔는데 말이야. 보니까 좀 분위기가 안 좋아 보여서."

규호는 킥킥 웃으며 근처의 의자에 앉았다. 커다란 의자였지만, 규호의 덩치가 워낙 큰 탓에 터질 듯이 꽉 차 보였다.

나는 착잡한 표정으로 물었다.

"언제부터 거기 매달려 있었지?"

"대충 한 시간쯤? 대장이 소리를 지르면서 베개를 반으로 찢어버리고, 맨손으로 방에 있는 컵이란 컵은 몽땅 으스러뜨릴 때부터."

"…화풀이를 좀 했다. 속이 끓어서."

"뭐, 그럴 거 같았어."

규호는 어깨를 으쓱이며 손에 쥐고 있는 작은 봉투를 내밀었다.

"이게 뭐지?"

"편지야. 사실 대장 얼굴도 내일 보려고 했는데, 생각해 보니 그 아줌마가 사람들 없을 때 전해주라고 해서."

"스텔라의 편지라고?"

규호는 고개를 끄덕였다. 나는 살짝 구겨진 봉투를 받아 들며 물었다.

"그런데 이걸 왜 네가 가지고 있지?"

"뭔 소리야? 나한테 부탁했다니까?"

"아니, 왜 하필 너인가 해서. 박 소위가 아니라."

"어허, 이 아저씨도 날 그렇게 못 믿는 거야? 진성이 형보다?"

"그런 게 아니라."

나는 웃으며 고개를 저었다.

"박 소위는 직접 싸우는 역할이 아니니까. 하지만 넌 우주 괴수들과 계속 싸우니 위험한 역할이다. 그런데도 굳이 네게 편지를 맡긴 게 이상해서."

"아, 그런 거라면 뭐… 나도 비슷하게 생각했어."

규호는 수긍이 간다는 듯 고개를 끄덕였다.

"사실 내가 그 아줌마를 딱히 좋아하는 것도 아니고. 그래서 물어봤거든. 왜 진성이 형한테 맡기지 않냐고."

"그랬더니?"

"날 믿는대. 진성이 형은 중간에 뜯어볼 것 같다나?"

"박 소위가 그럴 리가……."

"그렇지? 그래도 진성이 형보다 날 더 믿는다니 기분은 좋더라고."

규호는 헤헤 웃으며 뒷머리를 긁적였다. 나는 봉투를 뜯으며 물었다.

"그런데 너는 안 뜯어봤나?"

"날 뭐로 보고 그래? 믿음엔 보답해야지."

"그럼 다행이지만… 실은 어디 서랍에 처박아놓고 오늘까지 잊어버리고 있던 것 아닌가?"

규호는 뜨끔한 얼굴로 고개를 돌렸다. 나는 쓴웃음을 지으며 편지를 읽기 시작했다.

*　　　*　　　*

돌아왔구나, 주한.

먼저 내가 이 편지를 박 소위가 아니라 규호에게 맡긴 이유는 박 소위보다 규호를 더 믿기 때문이 아니야.

지금 우주 괴수와의 전투가 힘들어지고 있어.

특히 규호는 누구보다 힘겹게 싸우고 있어. 엑페 님의 체력이 떨어질수록 규호에게 가는 부담이 점점 강해지고 있어. 내 눈에는 얼마 못 가서 죽을 것처럼 보여.

그래서 일부러 이 편지를 당신에게 전해주라고 맡겼어. 죽으면 전해줄 수 없을 테니까. 당신에게 이 편지를 전해주기 위해서라도 규호가 좀 더 목숨을 소중히 여겼으면 좋겠네.

그런데 규호가 정말 편지를 뜯어보지 않았어?

내 생각엔 호기심을 못 참고 뜯어봤을 것 같은데. 만약 그랬다면 꽤나 열이 받은 상태일 거야. 잘 달래줘.

당신이 돌아왔을 때, 나도 없고 규호마저 죽어 있다면 견디기 힘들 것 같아서 이런 방법을 생각해 봤어. 큰 도움은 안 되겠지만. 그래도 규호가 살아 있으면 좋겠네.

그래도 당신은 아마 화를 내고 있겠지?

하지만 어쩔 수 없었어. 이대로 가면 모두가 죽을 테니까.

딱히 내가 희생한다던가 하는 생각은 없어. 결국 나도 이 모든 일의 원인 중 하나니까.

전에 보이디아 차원에서 무슨 일이 있었는지 이야기해 줬지?

그런데 하지 않은 말이 있어.

우리들은, 선구자들은 단지 생존을 위해 그곳을 떠난 게 아니야.

보이드가 우리들에게 원한을 가지고 쫓아오기 때문이야. 복수를 위해서. 자신을 이렇게 만든 다른 선구자들을 소멸시키기 위해서 저렇게 노력하는 거야.

그래서 다른 차원까지 쫓아오는 거야. 보이드는 차원을 초월해서 우릴 느낄 수 있거든.

그러니까 레비그라스의 다섯 신이 없었다면, 애초에 레비그라스 차원은 보이디아의 목표가 되지도 않았겠지?

그렇게 생각하면 우리 선구자가 모든 악의 근원이고, 발견한 모든 차원의 재앙인 셈이야. 차라리 보이디아에서 끝까지 싸우다가 소멸하는 편이 세상을 위해서라도 좋았을 텐데.

그래도 보이드는 나를 증오하진 않았어.

나 혼자 그 일을 끝까지 반대했거든. 결국 실패했으니 이제 와서 말하기는 부끄러운 이야기지만… 정말 열심히 반대했어. 심지어 일이 다 끝난 다음에도 보이드가 완전히 무너지지 않도록 한동안 곁을 지키기도 했고.

그러니까 아마 괜찮을 거야.

일단은 내가 가서 좀 달래볼게.

물론 완전히 막을 수는 없을 거야. 그래도 한동안은 시간을 벌 수 있을 테니까. 규호도 이 위기만 넘기면 빠르게 강해질 테고, 당신이 구해낸 인간들도 제대로 싸울 수 있게 되면 충분히 견딜 수 있을 거라고 생각해.

그러니 당신만 빨리 돌아와 줘.

추신 — 보이디아에 오면 하늘을 올려다봐.

$$* \qquad * \qquad *$$

"내일 떠날 거야?"

규호가 물었다. 나는 몇 번이나 반복해서 읽던 편지를 치우며 고개를 끄덕였다.

"그래. 별일 없으면."

"나도 같이 가줄까?"

"뭐?"

"아무튼 없는 것보다는 도움이 될 거 아냐? 이래봬도 최근에 엄청 강해졌다고. 대장도 아는 사람이 하나 옆에 있는 게 편할 테고."

규호는 별거 아니라는 듯 무신경하게 말했다. 하지만 그 말에 담긴 진심만큼은 무심한 말투로도 감출 수 없었다.

나는 규호의 어깨를 잡으며 말했다.

"고맙다, 규호야."

"엑, 고맙긴 뭘. 우리 사이에."

"하지만 안 돼."

"왜? 내 실력으로는 총알받이로도 못 쓸 것 같아?"

규호는 살짝 발끈하며 송곳니를 드러냈다.

"물론 대장에 비할 바는 아니겠지. 하지만 정말 강해졌다니까? 최근에 괴수들과 안 싸우는 건 내 힘이 달려서가 아니야. 그냥 다른 인간들로 충분해서 그렇지. 그것도 내가 울음소리로 능력을 증폭시켜 줘서 가능하고. 맞아, 정말 힘으로 도움이 안 되면 또 어때? 내가 한 번 포효하면 대장의 능력치도 확 올라갈 거야. 그럼 확실히 도움이 되지 않겠어? 내가 약해 빠져서 싸움이 안 된다 해도……."

"규호야, 넌 강해."

나는 고개를 저으며 말했다.

"방금 스캐닝으로 확인했다. 물론 오러는 아직 2단계 소드 익스퍼트지만… 스텟만 보면 마지막으로 확인했던 엑페 님보다도 월등해. 아마 늑대 인간 특유의 신체 능력 때문이겠지."

"그런데?"

"문제는 힘이 아니야. 보이디아 차원은 인간이 생존할 수 없는 환경일 가능성이 높아."

"뭐? 그게 무슨 소리야?"

"우주 괴수 수십만 마리가 살고 있는 땅이야. 어쩌면 호흡 자체가 불가능할지도 몰라. 그리고 차원 자체가 인간의 정신에 어떤 영향을 끼칠지 모르고. 전에 내가 루도카 왕자에 대해 말해준 적 있지?"

"루도카? 그… 우주 괴수로 변해 버렸다는?"

"그래. 인간이 거기 오래 있으면 딱히 아무것도 안 해도 그렇게 될 가능성이 있다. 그러니 널 데려갈 수 없어."

물론 규호는 인간이 아니라 워울프였지만, 아무튼 이 상황에서 녀석을 보이디아 차원에 데려가는 것은 위험 부담이 너무 컸다.

규호는 눈살을 찌푸리며 양팔을 펼쳤다.

"그럼 대장은? 대장은 거기서 생존할 수 있어?"

"성물 중에 그런 곳에서 생존할 수 있게 만들어주는 성물이 있다. 그래서 나 혼자라면 가능해."

"큭······."

"널 떼어내려고 없는 말을 하는 게 아니야. 그러니 이번엔 그냥 레비그라스를 지켜라. 내가 보이디아 차원에 넘어간다고 갑자기 모든 게 해결되는 게 아니야. 거기서 얼마나 오래 걸릴지는 아무도 몰라."

"하지만······."

규호는 분한 듯이 이를 갈았다. 나는 몸을 틀어 녀석의 갈기를 쓰다듬으며 웃었다.

"걱정 마라. 이미 준비는 끝났으니까. 덕분에 레비그라스에 늦게 돌아왔지만··· 이번에도 목표를 완수할 수 있을 거야."

"···언제나 대장 혼자서 가버리지."

규호는 내 손목을 붙잡으며 내던지듯이 휙 밀었다.

"전에도 그랬어. 처음으로 회귀의 반지를 사용할 때."

"하지만 결국 이렇게 다시 만나지 않았나? 이번에도 마찬가지다. 결국 다시 만나게 될 거야."

"기껏 싸울 수 있을 만큼 강해졌다 싶었는데······."

규호는 훌쩍 몸을 일으키고는 테이블에 놓인 편지를 집어 들었다. 그러고는 버럭 화를 내며 소리쳤다.

"이게 뭐야! 이 아줌마가 지금 뭐라고!"

"하하……."

"죽을 거 같기는! 누가 죽을 것 같다고! 쓸데없는 걱정이야! 그딴 걱정 없어도 내가 죽었을 것 같아?"

규호는 편지를 갈가리 찢어버리고는 공중에 뿌려 버렸다. 나는 살짝 울컥했지만 그대로 멈춰 선 채 말했다.

"규호야."

"됐어. 알았으니까 혼자 가서 잘해봐. 아, 거기 가면 그 아줌마한테 꼭 말해. 돌아오면 내가 얼굴 좀 봐야겠다고."

그러고는 열린 창문 밖으로 훌쩍 뛰어내렸다. 나는 아직도 흩날리는 종잇조각을 바라보며 중얼거렸다.

"그래. 꼭 전해주마. 그리고 반드시 같이 돌아올 테니… 만나서 직접 욕을 해라. 속 시원해질 때까지 마음껏……."

• 113장 •
보이디아 퀘스트

"그런가. 어머니는 그렇게 가셨나?"

이시테르는 꼬장꼬장한 얼굴을 잔뜩 구겼다. 나는 직접 보고 들은 사실만 그녀에게 전달해 주었다.

"어쩌면 죽지 않았을지도 모릅니다. 마지막에 건물에 미티어를 떨어뜨렸으니까요."

"흥… 아무튼 그분답지 않군. 언제나 마나의 균형을 외치더니, 결국 마나가 존재하지 않는 세계에서 생을 마치신 건가?"

이시테르는 답답한 얼굴로 검은 하늘을 바라보았다.

하늘만 보면 저녁 8시라 해도 믿을 정도다. 하지만 시계는 오후 2시를 가리키고 있었다.

나는 호텔 옥상에서 이시테르와 단둘이 서 있었다.

이미 다른 동료들과는 작별 인사를 끝냈고, 마지막으로 황태후의 최후를 알려주기 위해 이시테르를 불렀다.

"그래서, 이제 바로 떠날 건가?"

"네. 선생님이 마지막입니다."

"흥, 내가 뭘 했다고 선생님 타령이냐? 기껏해야 반나절이나 가르쳤던가?"

"그래도 선생님은 선생님이죠."

나는 웃었다. 이시테르는 눈살을 찌푸리며 들고 있던 칼을 건네주었다.

"이거 받아라. 팔틱이 너 주라고 했으니까."

"팔틱 선생님이요?"

"마지막 유언이었다. 이래봬도 밸런스 소드 클랜의 보물이라고 하니 꽤 쓸 만하겠지."

"그렇군요. 감사합니다."

"그리고 이건 내가 쓴 책이다. 지구인들에게 고급 마법을 속성으로 가르치려고 만든 건데, 아무튼 심심풀이는 될 테니까 가지고 가라. 시간 남으면 들여다봐도 괜찮을 거야."

그러고는 제본이 깨끗한 새 책 하나를 내밀었다. 나는 검과 책을 동시에 받으며 고개를 끄덕였다.

"네. 꼭 읽어보겠습니다."

"그래봤자 정령왕의 힘에는 한참 못 미치겠다만… 마법의 핵심은 다양성이다. 다양한 마법을 상황에 맞게 쓸 수 있는 게 가장 중요하지."

"명심하겠습니다."

"그런데 몬스터가 나오는 통로로 들어가는 게 아니냐? 전에 그 지구인 아가씨는 거기로 들어가더만?"

"일단 다른 방법을 해보려고 합니다. 만약 그게 안 되면 저도 스텔라와 같은 방법을 써야겠죠."

"그런가? 아무튼 가서 그 아가씨 다시 만나면 고맙다고 전해라. 덕분에 레비그라스가 살아남았다고."

이시테르는 거기까지 말하고는 비행 마법으로 날아올랐다. 나는 어두운 하늘 저편으로 멀어지는 노파를 보며 처음으로 마력을 수련하던 기억을 떠올렸다.

이제 모든 준비는 다 끝났다.

나는 새로 받은 책과 칼을 시공간의 주머니에 넣은 다음, 심호흡을 하며 스스로를 스캐닝했다.

이름: 레너드 조
레벨: 61
종족: 지구인, 초월자, 정령왕의 화신

기본 능력
근력: 552(558)
체력: 556(556)
내구력: 401(403)
정신력: 99(99)

항마력: 720(732)

특수 능력
오러: 791(804)
마력: 406(406)
신성: 0
저주: 44(44)
스케라: 311(311)

모든 스텟이 최대치까지 꽉 차 있거나, 최대치에 비슷하게 근접해 있다. 포션으로 회복시킬 수 있는 스텟은 몽땅 마셔서 회복시켰기 때문이다.

그런데 예상 못 한 변화가 있었다.

퀘스트1: 신성제국을 무너뜨려라(최상급) ─ 성공!

유일하게 남아 있던 퀘스트가 어느새 성공으로 바뀌어 있다.

물론 신성제국은 사라졌다. 신황제와 측근들은 자유 진영으로 망명해서 임시정부를 구축했지만, 실질적으로 과거의 제국은 무너진 것이나 다름없었다.

'하지만 내가 무너뜨린 것도 아닌데… 그래도 성공으로 취급하는 건가?'

어쨌든 성공은 성공이다. 더 이상 높일 각인 능력도 없으니, 이것으로는 기본 스텟이나 특수 스텟을 높이면 될 것이다.

문제는 새롭게 생긴 두 번째 퀘스트였다.

퀘스트2: 보이디아 차원의 큐브를 파괴하라(???)

'이제 와서?'

코웃음이 절로 나왔다.

새로운 퀘스트를 줬지만 고맙다는 생각은 전혀 안 든다. 스텔라에게 진실을 들은 이후로, 나는 다른 초월체들에 대한 불신이 쌓인 상태였다.

'어차피 큐브를 파괴하면 더 이상 강해질 필요도 없다. 새삼 생색내는 걸로밖에는 안 보이는군.'

심지어 퀘스트의 난이도 표시가 물음표로 되어 있다. 이건 시작도 안 했는데 미리 겁부터 주는 꼴이라 입맛이 썼다.

어쨌든 전이의 각인을 발동시켰다.

정확히는 전이의 각인 중 하나인 '차원의 문'을.

그러자 눈앞에 새로운 문장이 나타났다.

[지금부터 차원의 문을 사용합니다. 시전자는 연결한 차원을 선택해 주십시오. 선택할 수 있는 것은 지금까지 '우리'가 발견한 모든 차원에 해당합니다.]

그리고 선택문이 떴다.

[1. 보이디아]
[2. 오비탈]
[3. 레비그라스]
[4. 지구]

'역시 이걸로 보이디아에 갈 수 있군.'

물론 사전에 테스트를 해보면 간단히 알 수 있었을 것이다.

하지만 중간에 취소가 가능한지를 알 수 없다. 때문에 그동안 함부로 발동시킬 수가 없었다.

'혹시 이 시점에서 취소가 가능한가?'

나는 마음속으로 물었다. 하지만 눈앞에 문장엔 아무런 변화도 없었고, 새로운 문장이 떠오르지도 않았다.

'취소는 안 되는 건가……'

나는 심호흡을 하며 1번을 골랐다. 그러자 기존의 문장이 사라지며 새로운 문장이 떠올랐다.

[시전자는 보이디아 차원에 가본 적이 없습니다. 때문에 도착지점은 기본값으로 정해집니다]

"기본값?"

하지만 문장은 내 목소리에 반응하지 않았다.

[차원의 문은 최소 1분에서 최대 3시간까지 열어둘 수 있습니다. 1분을 열어놓기 위해서 최소 5의 마력이 소모됩니다. 현재 시전자의 마력으로는 최대 81분간 열어놓을 수 있습니다.]

[차원의 문을 열어놓을 시간을 정해주십시오.]

어차피 혼자 넘어갈 뿐이고, 오래 열어놔 봤자 보이디아의 오염만 심해질 것이다. 나는 고민하지 않고 1분으로 정했다.

그러자 오른팔에 새로운 감각이 느껴졌다.

전이의 각인을 쓸 때와 비슷했지만, 동시에 오른팔 전체에 쥐가 난 듯한 작열감이 생겼다. 나는 옥상에 설치된 커다란 굴뚝에 손바닥을 뻗으며 중얼거렸다.

"차원의 문."

그러자 굴뚝의 한가운데가 아지랑이처럼 일그러지기 시작했다.

동시에 중심이 넓어지며 공간이 확장되었다. 나는 그 공간을 통해 건너편을 볼 수 있었다.

새까만 어둠.

그리고 흐릿하고 미세한 빛이 보인다.

"……."

그런데 발이 떨어지지 않았다.

육체가 본능적으로 차원을 넘어가는 것을 거부하고 있었다. 나는 가까스로 한 발짝을 떼기 위해 무려 20초의 시간을 허비해야 했다.

그리고 떼어낸 발을 앞으로 내디디며, 단숨에 차원의 통로 저편으로 몸을 날렸다.

$$*\qquad*\qquad*$$

무언가 잊은 것 같다.

차원의 통로를 지나간 바로 그 순간에 아차 싶은 느낌이 들었다.

'대지의 정령왕 때문인가?'

냉기의 정령왕과의 분쟁을 해결했을 때, 대지의 정령왕인 가이린은 1년쯤 후에 자신을 찾아오라고 말했다.

하지만 가이린이 있는 카돈 노천광은 현재 공허 합성체들의 소굴이 된 신성제국의 영토 안이라 접근이 까다롭다.

물론 억지로 뚫고 가려면 갈 수는 있다. 하지만 시간이 오래 걸리고 아직 약속한 1년이 지나지 않았기 때문에 포기했다.

'가이린 때문은 아니야. 그런데 왜 자꾸 마음이 걸리는 거지?'

찰나의 순간이었지만, 확실히 뭔가를 빠뜨린 듯했다.

그런데 그 순간. 뭔가가 내 뒤를 따라 통로 안쪽으로 난입했다.

쉬익!

그것은 지구식 정장을 입은 전신 사이보그였다.

"슌!"

"여!"

슌은 그 와중에도 왼 손바닥과 오른 주먹을 겹치며 인사를 건넸다. 나는 뒤따라 건너편에 도착하며 소리쳤다.

"지금 뭐 하는 거야! 빨리 레비그라스로 돌아가!"

"싫은데?"

슌은 '강제'로 돌려 보내질 것을 경계하듯, 빠르게 나와 거리를 벌리며 말했다.

"나도 도울 거다. 잘해보자고."

"돕고 말고의 문제가 아니야! 여기는……."

"보이디아지? 그냥 서 있기만 해도 저주에 물드는 차원이라며?"

슌은 금속으로 된 양팔을 펼치며 자신을 어필했다.

"하지만 난 상관없잖아? 어차피 온몸이 기계니까. 그리고 여기서 죽어도 여한이 없어. 어차피 레빈슨을 죽이고 원한을 갚았으니까. 내 목숨 따위는 불쏘시개처럼 써버려도 상관없다고. 난 그걸로 족해."

"네 깡통 대가리 속에 든 것도 기계냐? 저주가 어디에 어떻게 축적되는지 알고 그래! 자칫하면……."

"공허 합성체로 변한다고?"

슌은 자신의 몸을 위아래로 살피며 고개를 저었다.

"하지만 안 변하는 것 같군. 그렇지? 사실은 너도 반쯤 속인 거야. 네 친구인 늑대 인간이나 다른 동료들이 희생당하지 않도록. 하지만 걱정 마라. 나는 딱히 네 동료도 아니고 뭣도 아니니까. 죽더라도 신경 쓰지 마. 이 일에 손톱만큼이라도 도움이 된다면 그걸로 만족하니까."

그사이, 내가 열었던 차원의 통로가 사라졌다.

나는 눈살을 찌푸리며 엄지와 중지로 양쪽의 관자놀이를 지압했다.

"순……."

"기왕 이렇게 됐으니까 같이 잘해보자고. 모든 차원의 운명을 건 마지막 결전이잖아?"

"넌 이미 망했어."

"뭐?"

순은 눈살을 찌푸리며 다시 걸어왔다.

"말이 너무 심한 것 아닌가? 그렇게 도움이 안 될 것 같아? 네가 떠난 몇 개월 동안 이 육체를 컨트롤하는 방법을 익혔다. 이래봬도 오비탈에서 한 손에 꼽히는 기사단의 육체라고. 물론 녀석들에 비해 스케라는 좀 부족할지 몰라도……."

그러고는 그대로 내 앞에서 무릎을 꿇으며 주저앉았다. 나는 부들거리는 순을 바라보며 다시 한번 한숨을 내쉬었다.

"이건… 이건… 뭐지?"

"뭐가 뭔지는 나도 몰라. 그런데 너, 자기 저주 스텟이 얼마인지는 알고 있나?"

"뭐?"

"33이었다. 여기 들어온 직후에 스캐닝했지. 그런데 지금은 43이야."

나는 실시간으로 올라가는 슌의 저주 스텟을 확인하며 마른 침을 삼켰다.

"1분도 안 됐는데 저주 스텟이 10이나 올라갔어. 여긴 그런 곳이다. 인간은 이 땅에 존재하는 것만으로도 금기를 범하는 셈이라고."

"하지만… 그 정도는 상관없지 않나? 어느 정도 올라가면 멈출지도… 큭!"

슌은 양손으로 머리를 부여잡고는 바닥을 구르기 시작했다. 동시에 헉 소리를 내며 몸을 뒤틀었다.

"바, 방금 이상한 느낌이……."

"저주 스텟이 50을 돌파했어. 레벨이 오른 거다."

"하지만 나는 육체도 없는데……."

"오히려 육체가 없는 게 저주에 더 취약한 모양이다. 사지가 멀쩡하면 저주 스텟이 분산되는 건가? 아니면 인간의 몸 자체가 저주에 저항하는 걸지도……."

어찌 되었든 뇌밖에 없는 슌은 순식간에 엄청난 양의 저주를 쌓기 시작했다. 나는 꿈틀거리는 녀석을 한 손으로 집어 든 다음, 그대로 시공간의 주머니 속에 쑤셔 넣었다.

"일단 들어가 있어라. 다 끝나면 다시 꺼내줄 테니까."

"큭……."

슌은 치욕적인 듯 몸을 떨었다. 하지만 자신도 별수 없다고 느꼈는지 별다른 저항은 하지 않았다.

'정신이 하나도 없군.'

나는 주머니를 다시 품속으로 집어 넣으며 주변을 살폈다. 눈이 어둠에 익숙해지자, 하늘 곳곳에 희미하게 반짝이는 빛이 보였다.

"…별인가?"

나는 한참 동안 그것을 바라보았다. 그리고 눈에 보이는 모든 빛이 실제로는 거대한 하나의 물체에서 드물게 새어 나오고 있다는 것을 깨달았다.

달이다.

그것은 달이었다. 지구나 레비그라스와는 비교조차 할 수 없는 거대한 달이 하늘 한쪽을 꽉 채운 채 희미한 빛을 내뿜고 있었다.

동시에 그 달이 무언가를 뿜어냈다.

푸화아아아아아아아아아악!

그 폭풍 같은 기세에 나는 즉시 몸을 웅크리며 근처에 있는 바위에 몸을 숨겼다.

'바람? 바람을 뿜어냈어? 달이?'

그것은 불가능한 일이다.

설사 그렇다 해도, 달이 뿜어낸 바람이 내가 있는 곳에 닿을 리가 없다.

심지어 뿜는 순간 굉음이 들렸다. 달은 진공인 우주에 있을 테니 내가 서 있는 행성에까지 소리가 닿을 리가 없다.

그러니 저것은 달이 아니다.

같은 대기권 안에 있는 물체인 것이다. 나는 문득 스텔라의 편지에 남아 있던 마지막 추신을 떠올렸다.

추신 — 보이디아에 오면 하늘을 올려다봐.

스텔라는 저게 무엇인지 알고 있었다. 그녀가 보이디아를 떠난 까마득한 과거에도 존재했고, 지금도 마찬가지로 존재하는 물건을.

"저게… 큐브인가?"

동시에 하늘의 어둠이 바람에 밀려났다. 덕분에 나는 큐브의 전체상을 한눈에 담을 수 있었다.

*   *   *

금속으로 만든 달.

그렇게밖에는 표현할 방법이 없다.

물론 달보다는 훨씬 가까운 곳에 떠 있다. 하지만 은은한 빛과 곳곳에 맺힌 검은 반점은 정말 달처럼 생겼다.

나는 즉시 오러 윙을 전개했다.

저것이 큐브라면 다른 아무것도 신경 쓸 필요가 없다. 일직선으로 날아올라 내부로 진입하면 그만이다.

하지만 그때 달이 움직였다.

정확히는 달에 맺혀 있는 검은 반점들이 움직였다. 처음에는 점들이 커진다고 생각했는데, 실제로는 달의 표면에 붙어 있는 무언가가 내 쪽으로 낙하하는 것이었다.

'공허 합성체!'

나는 빠르게 유체 금속 검을 전개했다. 가끔씩은 신중함보다 기세가 중요하다. 지금은 쏟아지는 적들을 해치우며 단숨에 적진에 난입할 수 있을 것 같다.

하지만 오판이었다.

거리감이 부족한 게 화근이었다. 떨어지는 적의 숫자는 이미 백 단위를 훌쩍 넘어서고 있었다.

'뭐가 이렇게 많아!'

삽시간에 하늘 전체가 공허 합성체로 꽉 들어찼다. 나는 도로 지상에 낙하한 다음, 가장 가까운 적부터 하나씩 처리하기 시작했다.

파지지지지직!

유체 금속 검에 관통당한 한 녀석이 검은 전류에 휘감기며 폭발하듯 소멸했다.

그와 동시에 수백 마리의 다른 적들이 공명하듯 울음소리를 내기 시작했다.

우우우우우우우우우우우우우우!

나는 반사적으로 귀를 막았다.

소리는 나를 감싸고 있는 오러를 넘어, 고막을 지나 머리 안쪽을 직접 뒤흔들었다.

'뭐지 이건? 소드 마스터에겐 그 어떤 독이나 음파 공격도

안 통했는데……'

심지어 나는 소드 마스터 이상이다. 그런데도 강렬한 두통과 함께 속이 울렁거렸다.

"우욱……."

급하게 속에 들은 것을 게워냈다. 조금은 편해졌지만 이번엔 가슴 안쪽에 강한 자극을 느꼈다.

정확히는 마음에.

지금까지 내가 해왔던 모든 일들이 전부 공허하게 느껴진다.

의미 있는 것은 하나도 없다. 그저 헛된 저항이었고, 그 누구에게도 보답받지 못한 채, 인정받지 못한 채 사라질 것이다.

그때, 달에서 떨어진 공허 합성체의 대부분이 지상에 낙하했다.

쿠궁…….

온 땅이 흔들리며 세상에 검은 기운이 확 치솟아 오른다.

보이디아를 감싼 검은 기운은 너무도 빽빽해서, 마치 까만 눈 더미가 지상에 쌓여 있는 것처럼 보였다.

그것이 충격에 흔들리며 다시 대기 중으로 퍼지는 것이다. 검은 하늘은 더욱더 새까맣게 변했고, 잠시 모습을 드러냈던 거대한 달조차 금방 자취를 감추고 말았다.

그리고 공허 합성체들은 다시 합창을 시작했다.

우-우-우-우-우-우-우-우-우-우-우-우!

그와 동시에 나는 귓구멍에 집어넣은 양 손가락을 뽑아냈다. 하마터면 스스로 고막을 뚫어버릴 뻔했다.

부정, 후회, 자기 파괴, 자살, 죽음.

온갖 부정적인 감정들이 몸 안쪽으로 스며들고 있다. 나는 급하게 노바로스의 방벽을 전개하며 스스로를 보호했다.

화륵!

붉은빛을 띤 투명한 구체가 내 몸을 휘감았다.

하지만 소용이 없다. 나는 머릿속이 새까맣게 물드는 것을 느끼며 치를 떨었다.

'정신 공격이라니… 무시무시하군.'

지금까지 한 번도 경험하지 못한 패턴이다. 공허 합성체들은 언제나 촉수를 뻗어 공격하거나, 혹은 검은 기운을 뿜어내 일제히 폭발시키는 단순한 공격 패턴을 가지고 있었다.

'홈그라운드는 다르다는 건가?'

정신이 분열하는 느낌이다. 그래서 나는 아예 대놓고 먼저 정신을 분리해 버렸다.

적의 공격에 고통받고 있는 나를 그대로 내버려 두고, 대신 순수하게 유체 금속 검을 컨트롤하는 나를 분리했다.

그리고 '진짜 나'는 이 모든 것을 보다 높은 곳에서 내려다보며 총괄한다.

그렇다고 다중 인격이 된 것은 아니다. 단지 스스로의 정신을 컨트롤하는 또 다른 방법일 뿐.

"합!"

나는 기합을 지르며 유체 금속 검을 흩뿌렸다.

파지지지지지지지직!

파지지지지지지지직!

파지지지지지직!

동시에 세 마리의 공허 합성체가 소멸했다. 나는 거기서 멈추지 않고 네 자루의 칼을 모두 나선형으로 회전, 확산시켰다.

마치 소용돌이처럼.

주변의 적들을 가까운 곳에서부터 파괴하며 점점 안전거리를 확보해 나간다.

그 와중에도 적들은 음파를 통한 정신 공격을 멈추지 않았다. 하지만 순식간에 50여 마리가 소멸하자, 남은 백여 마리의 적들이 패턴을 바꿔 직접 움직이기 시작했다.

그 모두가 단 한순간에 일제히 촉수를 날렸다.

덕분에 처음 알았다. 공허 합성체의 촉수는 동료의 몸에 피해를 주지 않고 통과해 날아갈 수 있다는 것을.

'피할 수 있을까?'

없다.

이미 전 방향이 적의 촉수로 빽빽하게 들어차 있다. 그리고 서로가 서로에 겹치며 두꺼운 촉수 다발로 진화한다.

한 마리당 40개.

모두 더해 4천여 개의 촉수가 동시에 내 몸을 강타한다.

나는 오러 실드와 노바로스의 방벽을 동시에 전개했다.

푸확!

노바로스의 방벽은 채 1초도 견디지 못하고 소멸했고.

파지지지지지지지지지지직!

안쪽에서 온몸을 감싼 오러 실드조차 맹렬한 반응을 보이며 빠르게 힘을 잃는다.

다행인 것은 내가 그 모든 과정을 정확히 인식하고 있다는 것이다. 오러 실드가 소멸하기 직전, 나는 또 하나의 오러 실드를 전개하며 밀고 들어오는 촉수 다발의 압력을 맞받아쳤다.

그러자 혼돈이 일어났다.

마치 맹렬한 속도로 달려온 두 대의 기차가 정면에서 충돌하듯, 반발력에 밀려 버린 모든 촉수 다발이 아지랑이처럼 흔들리며 스스로의 힘에 분해되었다.

목표가 한 번에 파괴되지 않았기 때문에, 스스로가 발생시킨 힘을 스스로 몽땅 뒤집어쓴 것이다.

그리고 그 힘을 감당하기엔 촉수 다발의 강도가 부족했다. 나는 주변에 꽉 찬 촉수들이 엄청난 기세로 소멸하는 것을 지켜보며 한숨을 내쉬었다.

그리고 한쪽 방향으로 몸을 날렸다.

동서남북, 방향은 어디든 상관없다. 나는 팔틱이 남겨준 칼을 뽑아 들고, 가장 가까운 곳에 있는 적부터 하나씩 직접 파고들기 시작했다.

파지지지지지지직!

한 마리의 적을 관통한 순간, 주변에 있던 다섯 마리의 적이 새로운 촉수를 날린다.

파지지지지직!

순간 수십 개의 촉수가 파리채처럼 내 몸을 후려쳤다.

콰광!

지면에 처박힌 나는 즉시 몸을 일으켰다.

충격은 없다. 하지만 사방이 어두워 육안으로 모든 것을 확신할 수가 없다는 게 문제다.

'이 망할 놈들은 마나를 다루지 않아서 흐름을 정확히 읽을 수가 없어……'

효율은 떨어지지만 오러 실드를 상시 발동시켜 놓을 수밖에 없다. 적들은 땅에 떨어진 날벌레를 응징하듯, 수백 가닥의 촉수를 뻗어 미친 듯이 위에서 아래로 내려쳤다.

하지만 나는 더 이상 그 자리에 없었다.

콰직!

한 번의 도약으로 백여 미터를 뛰어넘어 또 다른 공허 합성체의 중심을 관통했다.

파지지지지지직!

동시에 시공간의 주머니에 손을 넣어 조명탄 권총을 끄집어냈다. 전에 지구에 갔을 때 미군에게 보급받은 것으로, 일반 조명탄에 비해 몇 배나 밝은 빛을 내고, 자체적으로 특수 낙하산을 펼쳐 매우 오랜 시간을 하늘에 떠 있다고 한다.

나는 사방으로 네 발의 조명탄을 쐈다.

그러자 어둠에 가려져 있던 종말의 풍경이 실체를 드러냈다. 나는 사방에서 꿈틀거리는 수십 마리의 공허 합성체를 보며 혀를 찼다.

'전에 싸운 녀석들과는 뭔가 다르군.'

덩치는 50미터급으로, 오비탈 차원의 루나하이 시티에 출몰했던 녀석들과 비슷하다.

하지만 형태가 다르다. 지금까지 봤던 공허 합성체는 검은 보자기를 뒤집어쓴 거대한 유령처럼 생겼다면, 지금 이놈들은 보다 노골적으로 인간과 흡사한 형태를 가지고 있었다.

다리는 없지만 두꺼운 몸통에 짧은 팔이 돋아 있다.

얼굴은 없지만, 둥그런 머리와 약간 좁은 목을 구분할 수 있다.

어설프게 비슷해서 더 기분 나쁘다.

그런데 그때, 포위하듯 둘러싼 적들의 뒤쪽으로 더욱 거대한 그림자가 모습을 드러냈다.

"망할……."

나는 눈을 감았다.

그리고 뒤늦게 맵온을 발동시켰다. 나를 중심으로 70여 마리의 공허 합성체가 둘러싸고 있는 와중에, 또 다른 검은 점들이 빠른 속도로 포위망에 접근하기 시작했다.

나는 조명탄 너머로 멀리 보이는 새로운 적을 스캐닝했다.

이름: 리르케

종족: 공허 합성체(최상급)

레벨: 81

특징: 보이디아 차원의 궁극의 몬스터. 생명을 가진 모든 것을 증오하고, 파괴하려 한다.

기본 능력
근력: 2,287(2,305)
체력: ????(????)
내구력: 9,450(9,599)
정신력: 알 수 없음
항마력: 8,975(9,190)

특수 능력
오러: 0
마력: 0
신성: 0
스케라: 0
저주: 4,043(4,071)

이 녀석이다.

가장 마지막에 지구로 귀환한 최악의 우주 괴물.

지금까지 내가 해치웠던 녀석들과는 격이 다르다. 전장도 백미터를 돌파하고, 기본 스텟도 입이 떡 벌어지는 수준이다.

가장 압도적인 것은 1만에 육박하는 내구력이다.

'지금까지 상대했던 상급 공허 합성체는 끽해봐야 2천이 안되는 수준이었다. 이 녀석은 대체……'

그런데 그때.

끄그그그그그그그그극……

최상급 공허 합성체가 기묘한 소리를 내기 시작했다.

동시에 앞에 있던 상급 공허 합성체를 몸 전체로 휘감아 버렸다.

그러고는 단숨에 흡수했다.

마치 먹잇감을 몸 안에 흡수하고 소화시키는 단세포 생물처럼 다른 동료를 먹어치운 것이다.

그러자 적들 사이에 변화가 생겼다. 포위하듯 날 둘러싼 상급체가 갑자기 바깥쪽으로 도망치듯 퍼져 나갔고, 그사이 한두 마리씩 몰려온 최상급체가 사냥하듯 녀석들을 공격하기 시작했다.

"…뭐지?"

어안이 벙벙하다.

정작 이 땅에서 이질적인 존재일 날 내버려 두고, 저희들끼리 포식자와 피식자가 되어 정신없이 날뛰기 시작한다.

덕분에 한숨 돌릴 수 있었다. 나는 맵온을 최대한으로 확대한 다음, 이 별에 있는 모든 공허 합성체의 숫자를 확인했다.

공허 합성체 ― 638

생각보다 많지 않다.

'아니, 많지 않은 게 아니라 너무 적잖아! 천 마리도 안 된다고? 레비그라스에만 지금 2천 마리가 깔려 있는데?'

당황스럽다.

하지만 희소식은 희소식이다. 나는 거대한 우주 괴물의 포식 쇼를 잠시 지켜보다, 즉시 고개를 치켜들고 하늘을 바라보았다.

지금이 '큐브'로 올라갈 수 있는 기회다.

하지만 바로 그 순간, 기다렸다는 듯이 달이 바람을 뿜어냈다.

푸화아아아아아아아아아악!

어찌나 강렬한 폭풍인지, 먹고 먹히던 공허 합성체들마저 꿈틀거리며 싸움을 멈췄다.

덕분에 또다시 큐브가 그 거대한 모습을 드러냈다. 그리고 나는 큐브의 표면에 새롭게 검은 점들이 모여 있는 것을 발견했다.

공허 합성체.

또다시 그곳에 발생한 수백 마리의 공허 합성체가 내가 서 있는 지면을 향해 일직선으로 추락을 시작했다.

이번엔 전보다 훨씬 더 빽빽하다.

"아⋯⋯."

나는 벌어진 입을 다물지 못했다.

공허 합성체 — 1,239

불과 1분 전까지 600여 마리에 불과하던 공허 합성체가 삽

시간에 두 배로 불어나 버렸다.

덕분에 깨달았다. 공허 합성체의 본거지는 이 행성이 아닌, 하늘에 떠 있는 큐브였다는 사실을.

"큐브는… 맵온으로 확인이 안 되는 건가?"

나는 멍하니 중얼거렸다.

그사이, 하늘을 가득 메운 600여 마리의 공허 합성체가 내 머리 위로 추락하기 시작했다.

그제야 나는 깨달았다.

지상에 문제가 생길 경우, 그것을 해결하기 위해 큐브가 보유한 상급 공허 합성체를 출격시킨다.

특별한 일이 없다면 문제는 곧바로 해결된다. 그러면 지상에 살고 있는 '최상급'들이 내려온 상급을 먹어치우는 것이다.

아주 단순한 먹이사슬이다.

당연히 외부에서 난입한 나는 이런 먹이 사슬의 가장 아래쪽에 위치했다.

단순 덩치를 비교해도, 나는 공허 합성체에 비해 무척이나 작다.

그런데 오늘따라 더욱 작고 위축되는 것처럼 느껴졌다. 물론 이 지긋지긋한 환경이 내 마음의 약함을 파고드는 것이리라.

그래서 나는 마치 폭발시키듯 오러를 불러일으켰다.

파지지지지지지지지지지직!

물러서지 않는다.

수백, 아니, 수천 마리의 공허 합성체가 계속 몰려들더라도,

나는 그 모두를 해치우고 큐브에 도착할 것이다.

그런데 그 순간, 눈앞에 마력의 흐름이 일렁였다.

'마력? 보이디아에 마력이라고?'

동시에 지면에 마법진이 그려지며, 누군가 마법진 위로 솟구치듯 모습을 드러냈다.

그것은 한 마디로 우주인이었다.

"당신!"

기묘한 형태의 우주복을 입은 우주인이 내 쪽을 향해 손을 뻗으며 소리쳤다.

"당신은 초월자이십니까? 빨리 제 손을 잡아주십시오!"

인간의 목소리다.

망치로 머리를 얻어맞은 충격이란 이런 걸까? 나는 입을 벌린 채 한 마디도 대답하지 못했다.

"어서! 어서 잡으십시오! 여긴 곧 난장판이 될 겁니다! 어서!"

우주인은 새까만 헬멧 탓에 얼굴조차 보이지 않았다. 나는 스캐닝으로 상대의 스텟을 확인한 다음, 당황과 안도의 한숨을 내쉬며 내민 손을 움켜쥐었다.

· 114장 ·

전승자

그곳은 어둠 속에 펼쳐진 협곡이었다.

협곡 아래로 새까만 물이 굉음을 내며 흐르고 있고, 그 주변으로 겨우 사타구니만 가린 아이들이 날짐승처럼 뛰어다니고 있었다.

군데군데 도깨비불처럼 피어오른 희미한 빛이 협곡의 광활한 풍경을 비추고 있다. 나는 어처구니없는 기분으로 그 모든 것을 한동안 지켜보았다.

"여긴… 대체 어딥니까?"

그리고 옆에 서 있는 우주인에게 물었다. 우주인은 한동안 끙끙대며 우주복을 벗은 다음 긴 한숨을 내쉬었다.

"여긴 보이디아입니다. 정확히는 보이디아의 땅속에 있는 또 다른 세계라고 해야겠군요."

우주인은 마치 달빛처럼 창백하고 새하얀 피부를 가진 남자였다.

거기에 체모가 가늘고 눈알이 투명해서 같은 인간처럼 안 보였다. 하지만 스캐닝에 표시되는 종족명은 분명 인간이었다.

보이디아의 인간.

설마 이 저주받은 땅에 여전히 인간이 살고 있을 줄은 상상도 못 했다. 나는 꺄꺄 소리를 내며 뛰어다니는 아이들을 둘러보며 한숨을 내쉬었다.

"보이디아에 아직도 인간이 살고 있었습니까?"

"물론 살고 있습니다. 초월자께서는 선지자들께, 아니, 초월체들께 아무 이야기도 듣지 못하셨습니까?"

마치 이야기를 듣는 게 당연하다는 말투다. 나는 즉시 고개를 저으며 말했다.

"자세한 건 듣지 못했습니다. 그저 과거에 무슨 일이 벌어졌는지밖에……."

"그렇군요. 어쨌든 환영합니다. 제 주기에 초월자께서 오시다니, 전승자로서 한없는 영광입니다."

남자는 허리를 깊이 숙이며 우아하게 인사를 건넸다.

나는 귀신에 홀린 듯한 기분이었다.

'공허 합성체로 꽉 찬 세상에서 목숨 걸고 큐브를 파괴할 것만 생각했다. 그런데 현지인과 만나 이야기를 할 줄이야…….'

애초에 이 모든 일은 까마득한 과거에 벌어졌다. 초월체들은 생존을 위해 다른 차원으로 넘어갔고, 그 이후로 셀 수 없이 많은 시간이 지난 것이다.

나는 감정의 각인으로 저주의 농도를 확인하고, 스캐닝을 통해 지나다니는 아이들의 저주 스텟을 확인했다.

"물론 저주의 농도가 절반쯤 낮긴 하지만… 그래도 엄청난 수치입니다. 어떻게 이렇게 멀쩡히 돌아다닐 수 있습니까? 제 동료는 거의 1분 만에 저주로 범벅이 되어버렸는데?"

"정말 아무것도 모르시는 것 같군요."

남자는 놀란 표정을 지으며 내 얼굴을 살폈다.

"확실히 전승과는 좀 다른 것 같기도 하고… 특별한 예언은 없었는데 이상하군요. 다섯 번째 초월자는 뭔가 특별한 걸까요?"

"네?"

나는 눈을 부릅뜨며 물었다.

"방금 뭐라고 하셨습니까? 다섯 번째요?"

"네. 당신은 레비그라스에서 돌아온 다섯 번째 초월자입니다. 하지만 이상하군요. 왜 초월체들은 당신에게 아무 말도 하지 않았을까요?"

*　　　　*　　　　*

전승자는 나를 근처에 있는 작은 동굴로 인도했다.

"이곳은 보이디아의 역사가 새겨진 동굴입니다. 물론 자세한 내용은 전승자에서 전승자로 이어집니다만,"

"그 전승자라는 게 정확히 뭡니까?"

"기억과 능력을 이어나가는 유일한 존재입니다. 레비그라스 식으로 말하면 예언자라고 할까요? 아니면 정령사?"

"레비그라스를 알고 있습니까?"

"네. 앞서 네 분의 초월자와 대화를 나눴으니까요."

전승자는 빙긋 웃으며 횃불을 들어 올렸다.

"선대 전승자들의 모든 기억은 후대 전승자에게 이어집니다. 저도 언젠가 후계자를 정해 제 모든 것을 물려줘야죠. 여기 있는 이걸 말입니다."

전승자는 손가락으로 자신의 이마를 가리켰다. 그곳엔 희미한 흉터와 함께 수술 자국이 남아 있었다.

나는 눈살을 찌푸리며 물었다.

"뇌 수술 입니까? 설마 뇌를 이식하는 건 아닐 테고… 뭔가 외부 기억 장치를 삽입하고 추출하는 건가요?"

"그렇습니다만……."

전승자는 걸음을 멈추며 당황한 표정을 지었다.

"어떻게 그런 걸 알고 계십니까? 레비그라스의 문명이 결국 거기까지 발전했습니까?"

"…네?"

"과거에 돌아오신 초월자들은 모두 강력하지만 미개한 분들이었습니다. 전승자들은 초월자들이 경험한 문명의 수준에 맞춰서 대화를 이끌어야 했습니다. 하지만 당신은 그럴 필요가 없는 것 같아서 놀랍습니다. 지난 수십만 년간 레비그라스의 문명은 크게 발전하지 않았는데……."

나는 양손을 뻗어 전승자의 어깨를 움켜쥐었다.

"방금 수십만 년이라고 하셨습니까?"

"네. 정확히 27만 7천544년입니다. 그동안 네 분의 초월자들이 레비그라스에서 여기로 돌아오셨죠."

나는 전승자의 어깨를 움켜쥔 채 1분 동안 침묵했다. 전승자는 몸을 꿈틀거리며 빠져나오려 했지만 내가 허락하지 않는 이상 불가능했다.

전승자는 울 것 같은 얼굴로 조심스레 물었다.

"제가… 무언가 초월자의 심기를 거스르는 이야기를 했습니까?"

"그건 아닙니다. 그냥 너무 어이가 없어서요."

"저도 당황스럽습니다. 전승자의 기억에 따르면 다른 모든 초월자들은 이런 경위를 대부분 알고 있었으니까요."

"마지막으로 온 초월자는 몇 년 전에 왔습니까?"

"정확히 7만 9천6백 년 전입니다."

나는 길게 한숨을 내쉬었다.

아무래도 이 모든 일을 끝내기 위해, 여기까지 돌아온 인간이 나 혼자뿐이 아닌 모양이다.

하지만 너무도 까마득한 시간이라 실감이 나지 않았다. 나는 전승자의 어깨를 놓아주며 천천히 말했다.

"가능한 모든 정보를 알려주십시오. 초월체들이 보이디아 차원을 떠난 이후에… 이 땅에서 벌어진 모든 일을 말입니다."

*　　　　*　　　　*

모든 부정적인 근원을 한 몸에 뒤집어쓴 선구자는 이내 컨트롤할 수 없는 극한의 부정체로 변해 버렸다.

다른 선구자들이 만든 큐브로는 부정체의 힘을 완전히 막을 수 없었다. 부정체는 저주 그 자체인 검은 기운을 뿜어내며 행성을 오염시켰고, 곧 차원 전체가 저주의 힘에 물들어 버렸다.

이 과정에서 초월체가 된 다른 선구자들은 보이디아 차원을 떠났고, 남은 보이디아의 인류는 필연적인 멸망을 맞이했다.

전 인류의 30%가 공허 합성체로 변이했다.

물론 남은 70%의 인류도 시간문제였다. 하지만 그들에겐 공허 합성체로 변이할 틈조차 주어지지 않았다.

이미 변해 버린 공허 합성체가 아직 변하지 않은 모든 인류를 공격하기 시작했다.

인류는 순식간에 멸망했다.

하지만 살아남은 인간도 있었다. 10억이 넘는 보이디아의 인간들 중에는 지독히 높은 저주에 적응하고 인간의 형상을 유지하는 소수의 돌연변이들이 존재했던 것이다.

그들은 공허 합성체의 감지 범위를 피해 끊임없이 땅속으로 도망쳤다. 그러다 결국 자연적으로 발생한 지저 협곡을 발견했고, 그곳에 터를 잡아 힘겨운 생존을 시작했다.

"하지만 문명을 잃은 그들은 짐승에 가까웠습니다."

전승자는 벌거벗은 인간들이 뛰어다니는 벽화를 가리키며 말했다.

"애초에 살아남은 인류는 보이디아 사회에서도 낙오된 극빈층이었습니다. 대부분은 백 년도 지나지 않아 야만으로 돌아갔습니다. 오직 단 한 명만이 찬란했던 보이디아의 문명을 작은 '칩' 속에 간직한 채 여기까지 도망쳐 내려왔습니다."

"그게 전승자인가?"

내가 물었다. 전승자는 자신의 머리를 가리키며 고개를 끄덕였다.

"네. 저는 초대 전승자이며, 이후 전승을 이어나간 2천 329명의 전승자이기도 합니다. 그리고 저 밖을 자유롭게 뛰어다니는 짐승 같은 아이들 중 한 명이기도 하죠."

"이 땅속에서 대체 뭘 먹고 사는 거지?"

"보통은 지저천(地底川)의 물고기를 잡아먹습니다. 그밖에 버섯이나 이끼를 먹지요."

"물은? 설마 저 새까만 물을 마시는 건가?"

"어쩔 수 없을 때는 마십니다. 견디지 못한 자들은 죽고 견딘 자들만 살아남죠. 공허 합성체로 변질될 기미가 보이면 제가 처단합니다. 하지만 저희들은 저주에 강한 것뿐입니다. 완벽한 면역은 없습니다. 어지간하면 천장에 맺힌 수증기나 이슬을 모아서 식수로 사용하죠."

나는 캄캄한 천장을 올려다보며 한숨을 내쉬었다.

"고작 그걸로? 그것만 마시고 생존이 가능한가?"

"그래서 인구를 조절해야 합니다. 물이 아니라 식량 때문이라도 말이죠. 25살이 넘은 인간은 살 수 없습니다."

"살 수 없다고?"

"네. 제가 처단합니다."

전승자는 손바닥 위에 작은 불꽃을 만들어냈다. 나는 등줄기에 소름이 끼치는 걸 느끼며 맵온을 열었다.

'인간.'

그러자 반짝이는 붉은 점들이 가득 떠올랐다.

[인간 — 14,419]

"만 사천 명 정도인가……."

"그것도 전승자의 의무입니다. 만 오천 명을 넘지 않도록 컨트롤하고 있습니다."

"잔인하군."

"모두가 멸망하는 것보다는 그게 낫습니다."

전승자는 당연한 듯 말했다. 나는 해맑게 뛰어다니던 아이들을 떠올리며 물었다.

"교육은? 전승자를 제외한 모든 인간은 그냥 저렇게 원시적으로 사는 건가?"

"네."

"어째서?"

"경험을 통해 얻어낸 결과입니다. 언어, 수학, 과학, 윤리학을 배운 정상적인 인간이 되면 이곳의 생활을 견뎌내지 못합니다."

전승자는 걸음을 멈추며 인간들이 날뛰고 있는 벽화를 가리켰다.

"처음엔 그렇게 했습니다. 이 땅속에 제대로 된 문명사회를 건설하려 했죠. 하지만 폭동이 일어나고 모든 것이 광기에 물들었습니다."

"……."

"25살이 가까워진 인간들은 죽음을 피하기 위해 지상으로 다시 도망치려 했습니다. 그것은 지극히 위험한 행동입니다. 어쩌면 그로 인해 공허 합성체들이 이 지저 세계로 내려올지 모르니까요."

"죽기 싫어서 도망치려고 한 건가?"

"네. 그래서 저는 교육을 멈췄습니다. 숫자를 아는 인간은 이곳에 필요 없습니다. 그런데 초월자께서는 맵온을 가지고 계신 모양이군요?"

맵온이라는 단어가 너무도 자연스럽게 나와 당황스러울 정도였다. 전승자는 손가락을 하나씩 접으며 초월 능력을 하나씩 읊어나가기 시작했다.

"스캐닝, 언어, 감정, 맵온, 전이… 이렇게 다섯 가지였던가요? 보통은 스캐닝과 언어와 전이의 각인을 가지고 오는 경우가 많았습니다."

"기존의 초월자들이?"

"네. 물론 감정이나 맵온도 가끔 있었습니다만… 어차피 세 가지 초월 능력만 가지면 초월자가 되지 않습니까?"

"그래. 잘도 알고 있군."

"물론이죠. 저도 전부 가지고 있으니까요."

전승자는 철없는 어린아이처럼 함박웃음을 지었다.

하지만 스캐닝에 표시되는 전승자의 스텟창엔 그 어떤 각인 능력도 안 보인다. 내가 그것을 묻자, 전승자의 얼굴에 전과 다른 묘한 미소가 번졌다.

"레비그라스에 퍼진 각인 능력은 원래 보이디아 차원에서 개발한 특수 능력입니다. 우리들은 특별한 각인 없이 모두가 자유롭게 그 힘을 사용할 수 있었습니다. 초월체들이 그 힘을 다른 차원의 미개한 인류에게 억지로 쓸 수 있도록 변형시킨 것뿐이죠."

그것은 우월감이었다.

그 때문에 내 표정도 굳어버렸다. 전승자는 그제야 자신이 실언을 했다는 걸 깨달으며 고개를 숙였다.

"이런, 죄송합니다. 제가 멋도 모르고 다른 차원의 인간을 비하했군요. 정말 죄송합니다."

"……."

"하지만 당시는 확실히 다른 것 같습니다. 좀 더 근대적인 지성이 느껴지는군요. 레비그라스도 이제 비행기 정도는 만들었습니까? 아니면 행성 간 여행이 가능합니까?"

나는 입술을 깨물고 잠시 고민하다 말했다.

"난 레비그라스인이 아니야."

"네?"

"난 지구인이다. 지구란 곳을 아는지는 모르겠지만."

"지구라면… 막내 선구자께서 도착하신 차원이 아닙니까?"

"스텔라를 알고 있나?"

나는 번개같이 되물었다. 선구자는 눈을 크게 뜨며 한동안 껌뻑거렸다.

"물론이죠. 제 머릿속에는 모든 선구자에 대한 정보가 들어 있습니다."

"그것만으로는 설명이 안 돼. 선구자가, 아니, 초월체들이 여길 떠난 다음의 일이니까."

"그건 그렇습니다만……."

전승자는 자신의 멱살을 쥐고 있는 내 손을 항복하듯 두드렸다.

"일단 이것부터 놓아주시기 바랍니다. 당신이 조금만 힘을 써도 제 육체 같은 건 먼지처럼 바스러질 겁니다."

"미안하군."

실제로 멱살을 언제 쥐었는지 기억도 나지 않았다. 손을 놓자 전승자는 가볍게 기침을 하며 말했다.

"몇 달 전에 막내 선구자님께서 이곳에 돌아오셨습니다. 저는 당연히 전승자의 역할에 따라, 돌아온 분을 이곳으로 모셔 왔고요."

"그래서?"

"그분에 대한 이야기는 그분께 직접 들었습니다. 몇 달, 혹은 몇 년 후에 새로운 초월자가 이곳에 올 거라는 예언도 그때 들었습니다."

"스텔라가……."

나는 가슴이 끓는 것을 느끼며 숨을 가다듬었다.

"그래서? 스텔라는 지금 어디 있지?"

"큐브로 가셨습니다. 자신이 해야 할 역할이 있다고 하시면서 말이죠. 그러고 보니 그날 이후로 큐브에서 떨어지는 공허 합성체들의 숫자가 줄어들었군요."

"역시 큐브인가……."

"자신의 뒤에 올 초월자가 이 모든 일을 끝낼 거라는 예언도 하셨습니다. 저는 믿지 않았지만요."

"뭐?"

나는 어처구니없다는 표정을 지었다.

"믿지 않는다고?"

"네."

"어째서?"

"어째서라고 하셔도… 그냥 원래 그런 거니까요."

"무슨 헛소리지? 내가 부족해 보이나?"

"그럴 리가요. 당신은 지금까지 돌아온 모든 초월자들보다 월등히 강력한 힘을 가지고 계십니다."

전승자는 스캐닝을 쓰는지 왼쪽 눈을 살짝 찌푸리며 말을 이었다.

"하지만 이것과 그것은 별개의 문제입니다. 큐브는 공허 합성체의 본거지입니다. 끊임없이 저주의 검은 기운이 뿜어져 나오고, 그 힘에 의해 새로운 공허 합성체가 계속해서 태어납니다. 일곱 초월체도 감당하지 못한 그 절대적인 극한의 부정체를, 고작 초월체의 힘을 이어받은 인간이 어떻게 감당할 수 있겠습니까?"

"아니……."

나는 벌어진 입을 다물지 못했다.

물론 전승자의 이야기는 일리가 있다.

하지만 내가 그 운명을 감당할 수 있을지 없을지는 뒤로 미루더라도, 그런 이야기를 태연하게 하는 전승자의 정신 상태를 납득할 수 없었다.

나는 최대한 감정을 배제한 채 객관적으로 물었다.

"그럼 너는 왜 여기서 수십만년 동안 이런 개짓거리를 하고 있는 거지?"

"그게 제 역할이니까요."

"역할은 얼어 죽을! 어차피 큐브가 건재하면 여기서 인류를 생존시키는 게 무슨 소용이야! 몇만 년, 아니, 몇천만 년이 지나도 그대로일 텐데!"

"제가 인류를 유지해 나가는 까닭은 단 하나입니다. 초월체들이 이 땅을 떠나면서 그렇게 명령하셨기 때문입니다."

전승자는 무표정한 얼굴로 자신의 이마를 가리켰다.

"물론 초월자가 돌아오면 여러 가지로 지원을 하는 역할을 맡겨주셨습니다만… 어차피 중요한 건 그게 아닙니다. 초월자는 초월자일 뿐이죠. 초월체가 아닙니다. 결국 언젠가 일곱 초월체가 모두 돌아와 보이디아 차원을 다시 일으켜 세울 겁니다. 저는 그때까지 과거의 보이디아의 기록을 전승해 나갈 뿐입니다."

"하, 그래?"

"네. 그렇습니다."

"그렇군. 그것참 미안하게 됐군."

나는 코웃음을 치며 전승자의 이야기를 정정했다.

"일단 일곱 초월체가 아니야. 스텔라는 인간이 되는 것을 선택했으니까."

"그렇다고 하더군요. 하지만 상관없습니다. 원래 막내 선구자는 크게 중요하지 않았으니까요."

"그럼 레비는?"

"레비는 가장 중요한 선구자이며 초월체입니다. 당연히 그날이 오면 맨 앞에 앞장서서 이 땅으로 돌아오시겠죠. 저는, 아니, 모든 과거의 전승자와 미래의 전승자는 그날만을 기다리고 있습니다."

전승자의 얼굴에 황홀감이 떠올랐다. 나는 그 얼굴에 침을 뱉는 기분으로 말을 던졌다.

"레비는 죽었다."

"네?"

"정확히는 소멸했다고 해야겠지. 내가 레비의 성물을 직접 부숴 버렸거든."

*   *   *

전승자는 그 자리에 주저앉아 버렸다.

"왜… 왜 그런 짓을? 혹시… 농담 입니까?"

"농담 아니야. 진짜다."

"그건… 불가능합니다. 왜냐하면… 레비그라스의 인간은 성물에 직접 손을 댈 수 없습니다. 성물은 물론이고 그것을 보관하고 있는 시공간의 주머니조차도……."

"이것 말인가?"

나는 직접 주머니를 꺼내 전승자의 눈앞에서 흔들었다.

"말했지 않나? 난 지구인이라고."

"다른 차원의 인간……."

순간 전승자의 표정이 나라를 잃은 것처럼 허망해졌다. 나는 미세한 죄책감을 느끼며 간략히 설명했다.

"레비는 지구를 멸망시키려 했다. 그래서 내가 반대로 레비를 소멸시켰지."

"어째서… 어째서 레비가?"

"보이디아가 지구인을 무기로 사용하는 것을 막기 위해서라더군. 그리고 초조했던 거겠지."

"초조라니……."

"앞서 네 명의 초월자가 보이디아로 돌아왔다고 했지? 그리고 실패했을 테고, 레비는 분명 조바심을 느낀 거다. 그러다가 지구의 존재를 주목하고 폭주하기 시작했을 테고."

아마도 레비그라스의 다섯 초월체는 함께 힘을 모아 초월자를 만들어냈을 것이다.

몇만 년의 시간에 걸쳐서.

하지만 계속해서 실패하자 레비와 다른 네 초월체 사이에 이견이 발생했을 것이다.

물론 내 상상일 뿐이다. 나는 주저앉아 있는 전승자를 억지로 일으켜 세우며 말했다.

"그러니까 초월체가 돌아와서 보이디아를 구원하리라는 꿈은 버려라. 소멸한 초월체는 레비뿐이 아니니까. 크로아크도 사라졌다."

"시공간의 초월체가… 설마 당신이 또?"

"아니야. 크로아크의 성물을 파괴하라 지시한 건 레비다."

"네?"

"레비는 자신을 제외한 다른 초월체를 전부 제거하려 했다. 내가 그걸 막았지."

"말도 안 돼… 믿을 수가 없습니다. 지난 몇만 년 사이에 대체 무슨 일이……."

몇만 년이면 산천이 바뀌어도 몇천 번은 바뀌었을 시간이다. 나는 한숨을 내쉬며 전승자의 양어깨를 움켜쥐었다.

"어쨌든 레비는 소멸했다. 다른 초월체도 '네가 생각하는' 형태로는 돌아오지 않아. 사실상 내가 마지막 희망이다. 내 뒤는 아무것도 없다고 생각해라."

"아무것도 없다니… 그럴 리가 없습니다. 몇만 년이 지나면 또다시 초월자가 돌아와서……."

"그것도 인류가 남아 있어야 가능한 이야기겠지. 레비그라스는 지금 멸망 직전이다. 얼핏 보면 보이디아와 별로 차이도 없어."

"설마 침공이 시작되었습니까?"

전승자의 몸이 경직되었다. 나는 즉시 고개를 끄덕였다.

"이미 상당히 진행됐다. 인류는 태양이 없으면 결국 문명을 유지할 수 없어. 물론 너희들처럼 원시로 돌아가서 가까스로 생존은 이어갈 수 있을지도 모르지만."

"아……."

"그러니 내게 협력해라. 네가 뭘 할 수 있는지는 모르지만… 지금이 마지막 기회라고 생각해. 그러니 가지고 있는 모든 자원을 몽땅 동원해라. 이제 끝이니까."

그것은 경고이자 선언이었다. 그러자 경직되었던 전승자가 부들거리며 몸을 떨기 시작했다.

"그, 그런 건 생각해 본 적 없습니다. 끝이라니……."

"언제나 끝은 온다."

나는 전승자를 붙잡은 손에 힘을 주었다.

"눈을 돌린다고 안 오는 게 아니야. 그러니 먼저 정보부터 말해라."

"정보라니, 어떤 정보 말입니까?"

"우선 전에 왔다는 초월자에 대한 정보다. 그들이 어떤 힘을 가지고 있었고, 어떻게 싸우다가 실패했는지부터 설명해라."

"아… 알겠습니다."

전승자는 체념한 듯 고개를 푹 숙였다.

"그럼 일단… 안쪽으로 움직이는 게 좋겠군요."

"안쪽?"

"벽화가 있습니다. 별것 아니지만요."

나는 전승자를 놓아주었다. 전승자는 다리가 풀렸는지 휘청거리며 몸을 돌려 동굴 안쪽으로 걸음을 옮겼다.

"첫 번째 초월자는 전사였습니다."

한참을 걷던 전승자가 벽을 가리키며 말했다.

벽에는 보라색 오러를 발동시킨 근육질의 남자가 까만색의 유령들과 싸우는 그림이 그려져 있었다.

"그는 레비그라스 최초의 소드 마스터였습니다. 이름은 굼보입니다."

"굼보?"

"네. 그러고 보니 소드 마스터란 단어는 세 번째 초월자에게 들었던 명칭이군요. 이때는 소드 마스터라는 단어조차 존재하지 않았던 시절입니다."

나는 헛웃음을 지으며 말했다.

"어째 원시인처럼 옷을 입고 있군."

"실제로 그런 시절이었던 모양입니다. 당대의 전승자는 굼보와 의사소통을 하기 위해 꽤나 고생했습니다. 말은 통하지만 가치관이나 세계관의 차이가 워낙 심해서요."

"그래서 굼보는 어떻게 됐지?"

"최상급 공허 합성체와의 싸움에서 사망했습니다."

전승자는 담담하게 말했다. 나는 바닥에 쓰러진 원시인의 벽화를 보며 눈살을 찌푸렸다.

"한 마리도 못 잡은 건가?"

"최상급은요. 쏟아지는 십여 마리의 상급 공허 합성체를 상대하다가, 그걸 먹으러 온 최상급에게 목숨을 잃었습니다."

"그런가……."

그것은 안타까운 이야기였다.

원시인은 그저 평범한 소드 마스터였던 것이다. 단지 처음으로 그 단계에 도달했기 때문에, 초월체들은 테스트 삼아 그를 보이디아 차원으로 보내본 것이리라.

"굼보는 무슨 이야기를 듣고 보이디아 차원으로 넘어온 거지? 기록이 남아 있나?"

"네. 전승자와의 대화가 남아 있습니다. 굼보는 초월자가 되던 순간에 '신들'과 직접 접촉했고, 보이디아 차원에 넘어가 악과 싸우라는 신탁을 받았다고 합니다."

"신이 아니라 신들이라고?"

"네. 레비그라스로 간 다섯 초월체는 한뜻이었으니까요. 어쩌다 이 지경이 되었는지는 모르겠습니다만……."

전승자는 우울한 표정으로 긴 한숨을 내쉬었다.

"아무튼 첫 초월자는 그렇게 사망했습니다. 그리고 몇만 년 후에, 다시 두 번째 초월자가 보이디아 차원으로 돌아왔습니다."

전승자는 새로운 벽화를 향해 걸음을 옮겼다.

이번에는 붉은색의 멋들어진 로브를 걸친 여성이 그려져 있었다. 전승자는 그리운 얼굴로 벽화를 쓰다듬으며 말했다.

"두 번째 초월자는 레티라고 합니다. 아크 위저드였고, 약간의 신성 마법도 쓸 수 있었습니다."

"아크 위저드라……."

나는 눈살을 찌푸리며 말했다.

"보통 아크 위저드는 소드 마스터에 비해 약하다. 어째서 마법사를 여기로 보낸 거지?"

"그건 초월체들만이 알고 있겠죠. 레티는 다섯 속성에 전부 통달한 마법사로, 그중에도 화염계 마법이 가장 뛰어났습니다. 물론 말씀하신 대로 결과는 전에 비해 더 나빴지만요."

다음 벽화에는 여자가 쓰고 있던 모자만이 바닥에 덩그러니 그려져 있었다.

"레티는 처음 큐브에서 떨어진 상급 공허 합성체를 상대하다 목숨을 잃었습니다. 최상급은 만나보지도 못했죠."

그것은 멸망한 과거의 지구에서도 마찬가지였다.

인류 저항군과의 전쟁에서 살아남은 마법사 귀환자는 단 한 명도 빠짐없이 우주 괴수를 상대로 싸우다 목숨을 잃었다.

"마법사로는 한계가 있겠지."

"네. 한계가 있었습니다. 하지만 그녀는 매우 다정다감한 인간이었죠. 최후의 전투를 치르기 전에 이곳에서 저와 많은 이 야기를 나눴습니다."

전승자는 추억을 떠올리는 듯했다. 나는 가볍게 헛기침을 하 며 물었다.

"너와 이야기를 나눴다고?"

"네. 저와… 아, 아닙니다. 제가 아니라 당대의 전승자였죠."

전승자는 고개를 휘휘 저으며 걸음을 옮겼다.

아무래도 전승자들은 과거의 모든 기억을 자신의 기억처럼 받아들이고 있는 모양이다. 덕분에 기억조차 기계에 의존하던 오비탈 차원의 모습이 떠올라 마음이 불편해졌다.

사실 전승자는 존재 자체가 불쾌한 녀석이다. 나는 녀석의 손에 묻어 있을 엄청난 양의 피를 떠올리며 입술을 깨물었다.

'마음 같아서는 당장에라도 죽여 버리고 싶지만……'

"그리고 다시 몇만 년 후에 세 번째 전승자가 돌아왔습니다."

전승자는 새로운 벽화를 가리켰다. 그것은 보라색의 오러를 두르고, 동시에 양손에 화염 기둥을 뿜어내고 있는 노인이었 다.

"이름은 아세로아라고 합니다. 보시다시피 소드 마스터이면 서 동시에 높은 등급의 마법을 쓸 수 있는 마법사였습니다."

"소드 마스터면서 아크 위저드였다는 말인가?"

"아크 위저드까지는 아니었습니다. 어쨌든 이번에는 성과가 있었습니다. 바로 최상급을 소멸시켰으니까요."

바로 옆으로 거대한 검은 유령이 사방으로 폭발하는 벽화가 그려져 있었다. 전승자는 흐뭇한 얼굴로 벽화를 감상하며 말했다.

"아세로아는 최상급 공허 합성체를 두 마리나 잡았습니다. 솔직히 대단한 일입니다. 보이디아의 찬란했던 문명이 건재하던 시절에도 소멸시킨 최상급은 딱 세 마리에 불과했으니까요."

"하지만 죽었겠지."

"네. 죽었습니다. 세 번째 최상급을 상대로 분투하다 목숨을 잃었죠."

전승자는 별것 아니라는 듯 다시 걸음을 옮겼다. 그리고 그때, 나는 지금까지의 이야기에 심각한 모순점을 깨달았다.

'잠깐, 이게 말이 되나? 애초에 이런 일이 성립하는 게 불가능한데……'

하지만 다음이 마지막이었다. 질문은 마지막 초월자에 대한 이야기까지 듣고 나서 해도 늦지 않을 것이다.

"그리고 이것이 마지막 네 번째 초월자입니다. 물론 이제는 아니지만요."

벽화에는 온몸에서 검은 기운을 뿜어내는 음침한 남자가 서 있었다.

나는 깜짝 놀라며 전승자에게 물었다.

"설마 그랜드 소드 마스터인가?"

"네? 그게 뭡니까?"

"이거 말이다."

나는 즉시 오러를 발동시켰다. 전승자는 화들짝 놀라며 뒷

걸음쳤다.

"아니, 아닙니다. 그런 오러의 경지가 아니라… 이건 저주 마법입니다."

"저주 마법?"

"네 번째 초월자는 소드 마스터가 아니었습니다. 아크 위저드도 아니었죠. 대신 지금까지와는 전혀 다른 비전을 가지고 있었습니다."

전승자는 다음 벽화를 가리켰다. 그것은 음침한 남자가 동굴 안에서 몸을 웅크린 채 눈을 감고 있는 그림이었다.

"네 번째 초월자의 이름은 베르빅입니다. 그는 신관이었습니다."

"신관?"

"네. 레비그라스 최초의 신관이라고 해야 할까요? 그는 기존의 초월자와 달리 초월체와 깊은 교감을 나눴고, 그걸 통해 새로운 비전을 제시했습니다. 바로 보이디아에 깔린 저주의 힘을 활용하는 것이었죠."

그리고 다음 벽화는 베르빅이 끝도 없는 해골과 유령을 컨트롤하며 공허 합성체와 싸우는 장엄한 광경이 그려져 있었다.

"베르빅은 레비그라스와 보이디아를 몇 차례나 반복해서 다녀갔습니다. 다른 초월자들처럼 한 번 싸우고 죽지 않았죠."

"계속 왕복하며 힘을 키웠다는 건가? 하지만 시간은……."

"시간요?"

"다른 차원을 계속 왕복하면 시간의 흐름이 이상해질 텐데?"

"아, 그러고 보니 베르빅도 그런 이야기를 했군요."

전승자는 이제야 생각난다는 듯 고개를 끄덕였다.

"하지만 그에겐 별로 중요한 일은 아니었던 모양입니다. 어쨌든 보이디아 차원을 정화하는 막중한 사명을 가지고 있었으니까요."

"…그래서 베르빅은 정확히 어떻게 싸운 거지?"

"높은 저주 스탯을 활용해 강력한 저주 마법을 사용했습니다. '어둠의 망토'라는 마법을 활용해 레비그라스에서 다수의 시체를 가지고 보이디아로 돌아왔죠."

"시체? 왜?"

"시체를 조종하는 마법을 썼으니까요. 결과적으로 큰 도움은 안 됐습니다만……."

전승자는 안타까운 얼굴로 다음 벽화를 바라보았다.

"문제는 인간이 한없이 저주 스탯을 쌓을 수 없다는 사실입니다. 베르빅은 결국 대부분의 감정을 잃었고, 마지막에는 스스로 공허 합성체가 되는 비참한 최후를 맞이했습니다."

벽화에는 공허 합성체로 변해가는 베르빅의 모습이 세밀하게 그려져 있었다. 나는 마찬가지로 눈앞에서 공허 합성체로 변한 루도카 왕자를 떠올리며 고개를 저었다.

"어리석은 인간이었군. 어둠과 싸우기 위해 어둠을 선택하다니… 그런 건 말로만 그럴듯할 뿐이야."

"결국 인간의 한계라는 거겠죠. 그래서 전승자들은 이 땅으로 돌아오는 초월자에게 기대를 품지 않았습니다. 모두가 초월체가 미래를 내다보고 데이터를 얻기 위해 테스트를 하는 과정이라 생각했죠. 그런데……."

전승자는 땅이 꺼져라 한숨을 쉬며 고개를 푹 숙였다. 나는 잠시 뜸을 들이다 그에게 물었다.

"설명은 잘 들었다. 그런데 한 가지 의문이 있군."

"네?"

"저 네 명의 초월자는 전부 레비그라스인이지?"

"물론입니다. 지구인은 당신이 처음입니다."

"지구인은 다른 차원에 넘어가서 생존할 수 있는 유일한 존재다. 그 때문에 수많은 지구인이 레비그라스로 강제 소환 됐지. 그런데 어째서 네 명의 초월자는 여기서 생존할 수 있었지?"

그것이 바로 내가 느낀 모순점이었다.

애초에 레비그라스인은 다른 차원에서 생존할 수 없다.

그런데도 지난 네 명의 초월자들은 당연한 듯 이 땅에서 싸움을 벌였던 것이다. 전승자는 잠시 멍하니 있다 퍼뜩 정신을 차리며 말했다.

"아, 그러고 보니 이상하군요."

"그걸 네가 이상하다고 말하면 안 되지……."

"아니, 당신 말입니다. '혈청'을 드리지도 않았는데 아무렇지도 않게 계속 활동하고 계시는군요?"

전승자는 내 몸을 위아래로 살피며 놀란 표정을 지었다. 나는 눈살을 찌푸리며 되물었다.

"혈청? 그게 뭐지?"

"말씀하신 대로 레비그라스인은 보이디아 차원에서 생존할 수 없습니다. 그래서 제가 차원의 문을 감지하면 바로 초월자를 맞이하러 가는 겁니다. 빠르게 혈청을 투입해서 장기간 생존이 가능하도록 말이죠."

그러고는 허벅지 쪽의 주머니에서 엄지손가락만 한 굵기의 캡슐을 꺼냈다. 나는 캡슐을 건네받으며 천천히 살피기 시작했다.

"이걸 맞으면 레비그라스인도 여기서 버틸 수 있다는 건가?"

"네. 주사처럼 맞아도 되고 그냥 경구 투여… 먹어도 됩니다. 투약량을 조절함으로써 체내에 저주가 쌓이는 것을 아예 막거나, 혹은 천천히 쌓이도록 조절할 수 있습니다. 네 번째 초월자인 베르빅이 그런 식으로 저주 스텟을 강화했죠."

"이런 약이 있었나……."

그 순간, 나는 온몸의 피가 폭발하듯 빠르게 흐르는 것을 느끼며 휘청였다.

"왜 그러십니까?"

전승자가 물었다. 나는 한쪽 벽에 손을 짚으며 고개를 저었다.

"아무것도. 그저 레벨이 올랐을 뿐이다."

"레벨이요?"

"아무리 우주의 돌을 가지고 있어도… 완벽하게 저주가 차단되는 건 아닌 모양이군."

나는 쓴웃음을 지으며 스스로를 스캐닝했다.

보이디아 차원으로 넘어오기 전까지 44였던 저주 스텟의 최대치는 어느새 50을 넘어 52까지 쌓여 있었다.

그리고 계속해서 빠르게 상승했다.

저주: 53(53)
저주: 54(54)
저주: 55(55)
저주: 56(56)
…….

· 115장 ·
· 혈청

저주 스텟은 계속 올랐다.

한 번 오르기 시작하자 걷잡을 수 없이 빠르게 오른다. 나는 전승자에게 받은 캡슐을 곧바로 스캐닝했다.

이름: 저주 혈청(최상급)

종류: 포션

특수 효과: 보이디아의 저주가 몸에 축적되는 것을 막아준다. 효과는 약 1개월간 지속된다. 기존에 쌓인 저주가 감소하는 효과도 있다.

나는 캡슐을 입으로 가져가며 물었다.

"그냥 삼키면 되나?"

"삼켜도 되고 씹어도 됩니다. 물고기의 젤라틴으로 만든 캡슐이니까요."

곧바로 캡슐을 이빨로 깨물었다. 그러자 진한 비린내와 함께 형용할 수 없는 청량한 기운이 몸 내부로 빠르게 흡수되기 시작했다.

하지만 저주 스텟이 오르는 속도는 거의 그대로다.

덕분에 또 한 번 레벨이 올랐다. 나는 반사적으로 전승자의 목을 움켜쥐며 소리쳤다.

"효과가 없잖아!"

"컥… 하, 하나로는 부족할 수도 있습니다."

전승자는 급하게 두 개의 캡슐을 추가로 꺼냈다. 나는 이상할 정도로 끓어오르는 분노를 가까스로 억제했다.

"설마 거짓말은 아니겠지? 캡슐에 든 게 사실 독이라든가?"

그리고 의심했다.

쓸데없는 의심이었다. 이미 스캐닝까지 해서 캡슐의 정체를 확인했다. 그런데도 마음의 동요를 막을 수가 없었다.

"아닙니다! 이건 정말 혈청입니다! 제가 왜 독을 만들겠습니까!"

전승자는 필사적으로 항변했다. 나는 목이 졸려 붉게 달아오른 녀석의 얼굴을 보며, 이대로 손아귀에 힘을 주고 싶다는 충동을 느꼈다.

죽일 수 있다.

내가 아주 약간만 힘을 더 줘도 저 불쾌한 인간의 숨통을 끊어버릴 수 있다.

'아니, 이건 뭔가 이상하다.'

나는 입술을 깨물었다.

생각이 극단적인 방향으로 달아오르고 있다. 나는 기계적인 동작으로 전승자를 놓아준 다음, 곧바로 한 발 뒤로 물러나며 두 개의 혈청 캡슐을 새로 복용했다.

"후아……"

그리고 긴 한숨을 내쉬었다.

그제야 겨우 저주 스텟이 올라가는 속도가 억제되었다.

다만 완전히 멈춘 것은 아니다. 여전히 느린 속도로 조금씩 계속 올라갔고, 결국 150을 넘겨 또 한 번의 레벨 업을 이끌었다.

나는 이를 악물었다.

주변에 있는 모든 것을 박살 내고 싶다.

나를 둘러싼 모든 것이 불쾌하고 혐오스럽다. 전승자는 찢어 죽이고 싶을 만큼 혐오스러운 인간이고, 동굴 밖에 뛰어다니는 아이들은 그저 새로운 전승자를 위해 길러지는 가축에 불과하다.

차라리 여기서 전부 죽여 버리는 게 깔끔할지도 모른다.

그냥 모두 죽이고 나서, 다시 밖으로 나가 공허 합성체를 처치하면 된다.

'아니… 내가 왜 공허 합성체와 싸워야 하지? 그냥 내버려 두

면 알아서 해결될 텐데……'

내버려 두면 알아서 모든 인간을 멸망시킬 것이다.

레비그라스는 물론 오비탈까지.

그리고 지구도.

지구가 가장 큰 문제다. 70억에 달하는 벌레 같은 인간들이 바글거리며 살고 있다. 공허 합성체를 보내 전부 쓸어버려 마땅하다.

아니면 차라리 내가 직접 가서 죽여도 된다.

그냥 그곳에 인간들이 존재한다는 것 자체가 끔찍하다. 내가 왜 그들을 위해 이런 고생을 감당해야 하는지 납득할 수 없었다.

"왜냐하면… 이미 그들은 모두 멸망했었기 때문이다."

"네?"

"지구는 이미 멸망했고, 나는 그중에 마지막 생존자다. 그러니까 다시는 그런 일을 겪게 할 수 없다. 그건 숙명이다. 내 개인적인 감정이나, 개인적인 행복을 초월한 문제다."

나는 마음에도 없는 소리를 중얼거렸다.

그러자 약간 마음이 가라앉았다. 나는 피가 날 정도로 입술을 깨물며 전승자에게 물었다.

"이거… 저주 스텟의 부작용 같군. 뭔가 방법이 없나? 이러다가 당장에라도 당신을 포함해 이곳에 있는 모든 인간을 죽여버릴지도 모르겠어."

"그런… 잠시만 기다려 주십시오!"

전승자는 깜짝 놀라며 동굴 안쪽으로 달려가기 시작했다.

"혈청을 좀 더 가져오겠습니다! 힘드시겠지만 조금만 더 참고 기다려 주세요!"

*   *   *

전승자는 약 30분 만에 다시 돌아왔다.

그사이 내 저주 스텟은 200을 넘겨 버렸다. 살육과 파괴에 대한 충동은 끓어오르다 못해 몸 밖으로 넘쳐흐를 정도였다.

참기가 너무 어렵다.

이미 동굴 안으로 꽤 깊숙이 들어왔는데도, 동굴 밖에 뛰어다니는 아이들의 목소리와 숨소리까지 생생하게 들렸다.

그것은 마치 차려놓은 진수성찬 같았다.

그리고 나는 사흘 정도 굶은 짐승 같았다. 당장에라도 뛰쳐나가 아이들을 죽이지 않기 위해, 지금껏 해본 적 없는 극한의 인내심을 발휘했다.

덕분에 정신력이 빠르게 떨어졌다.

챙겨온 벌꿀을 몇 병이나 먹어치웠다. 그러다 문득 박 소위와 마지막으로 나누었던 대화가 떠올랐다.

"따로 챙겨놓은 벌꿀도 이제 마지막입니다. 레비그라스의 70%가 어둠에 잠겼기 때문에… 이대로 전부 잠식되어 버리면 꽃은 물론이고 꿀을 만드는 벌도 멸종해 버리겠죠."

그러자 정신이 번쩍 났다.

여전히 사이코패스 뺨치는 수준의 살인 충동을 느끼고 있지만, 그래도 잠시나마 냉정을 되찾을 수 있었다.

덕분에 새 캡슐을 가지고 돌아온 전승자를 날려 버리려는 충동을 참을 수 있었다. 전승자는 내 손바닥에 모인 압축된 오러 덩어리를 보며 침을 삼켰다.

"그건… 컴팩트 볼이군요. 그런데 왜……."

나는 말없이 반대쪽 손을 내밀었다. 그리고 전승자가 건네준 네 개의 캡슐을 하나씩 입안에 넣고 씹어 삼켰다.

그러자 겨우 마음이 가라앉았다.

220까지 올라갔던 저주 스텟도 조금씩 떨어지기 시작했다. 물론 최대치는 그대로지만, 보유한 스텟이 떨어지자 머릿속이 훨씬 개운해지는 것이 느껴진다.

나는 손에 쥐고 있던 컴팩트 볼을 소멸시키며 한숨을 내쉬었다.

"이제야 좀 약발이 도는군."

"보통 세 캡슐이면 대부분 해결이 됩니다. 일곱 캡슐은 기록이군요."

"지구인은 오러나 마력에 대한 친화력이 높다고 하지. 아무래도 저주에 대한 친화력도 상당한 것 같군."

그것이 당장 내가 내린 결론이었다. 전승자는 한숨 돌리며 혹시나 해서 들고 있던 새로운 캡슐을 옷 속에 집어넣었다.

"너무 빠르게 올라가는 게 문제입니다. 천천히 오르면 어느 정도까지는 부작용에 적응하더군요. 일부러 한 캡슐이나 반 캡슐을 먹고 천천히 저주를 쌓아가던 사람도 있을 정도니까요."

"네 번째로 온 초월자 말인가?"

"네. 그리고 최근엔 다른 인간도 있었습니다. 초월자는 아니지만 레비그라스에서 넘어온 인간 말이죠."

"스텔라를 말하는 건가?"

"그럴 리가요. 그분은 어쨌든 초월체였던 몸입니다."

전승자는 고개를 저으며 말했다.

"최근에만 세 명의 레비그라스인이 이 땅을 밟았습니다. 가장 최근이 1년쯤 전이었군요."

"그게 가능한 인간이라면, 레빈슨인가?"

"아, 레빈슨도 왔었습니다. 100년쯤 전이었던가요? 전대 전승자 시절이었는데… 거의 5분 만에 돌아가 버려서 오래 이야기는 못 했던 것 같습니다."

"그럼 가장 최근에 온 사람은?"

"이름은 루도카입니다. 레빈슨이 보냈다고 하더군요. 저주 스텟을 쌓아 힘을 키우고 싶다고 해서 그렇게 해줬습니다."

"루도카……."

"캡슐을 반 개만 먹고 억지로 한 시간을 버텼습니다. 원래는 30분 만에 돌아가야 하는데 더 큰 힘을 가지고 싶다고 억지를 부렸습니다. 그 때문에 좀 안 좋은 쪽으로 망가진 것 같았지만요."

나는 코웃음을 치며 말했다.

"좋은 쪽으로 망가질 수도 있나?"

"지금 당신 같은 경우가 정상적으로 망가지는 경우입니다. 부정적인 감정이 증폭되죠. 거기서 좀 더 어긋나면 공허에 물들고… 그러다가 공허 합성체로 변합니다."

"실제로 변했다."

나는 루도카와의 전투를 떠올리며 고개를 저었다.

"그게 전부 너의 작품이었군. 내가 정상적인 상태였다고 해도 널 죽여 버리고 싶었을 거야."

"저는 그저 해야 할 일을 했을 뿐입니다."

전승자는 정색하며 한 발 뒤로 물러났다.

"레빈슨은 레비의 축복을 받은 인간이었습니다. 저는 언젠가 그가 초월자가 되어 다시 돌아올 거라 생각했습니다. 하지만 자신은 오지 않고 다른 사람을 보내더군요."

"하지만 죽었다. 내가 죽였지."

나는 갑작스러운 충동을 느끼며 시공간의 주머니 속에 손을 집어넣었다.

"혹시 여기 무덤 같은 게 있나?"

"무덤요? 동굴 안쪽에 역대 전승자들의 무덤 터가 있긴 합니다만……"

"그럼 잘됐군. 레비그라스에는 그 녀석의 시체를 묻는 것조차 아까우니까."

"설마……"

나는 그 자리에서 레빈슨의 시체를 끄집어냈다. 전승자는 사색이 되어서는 뒷걸음을 치기 시작했다.

*   *   *

동굴의 끝에는 넓이가 수 ㎞에 달하는 넓은 공동이 뚫려 있었다.

신기한 것은 바닥이 흙으로 되어 있다는 점이었다. 나는 땅을 깊이 파서 레빈슨의 시체를 파묻은 다음 손에 묻은 피를 닦았다.

"저는… 저는 뭐라고 말을 못 하겠습니다."

전승자는 낙담한 얼굴이었다. 그제야 나는 내가 너무 막나가고 있다는 것을 자각하며 말했다.

"레빈슨도 이 땅에 묻히고 싶어 했을 거다. 자신이 섬기던 신이 태어난 차원이니까."

"그건… 확실히 그렇겠군요."

그러자 전승자의 표정이 조금 풀렸다. 나는 보유한 저주 스텟이 100 이하로 떨어진 것을 확인하며 한숨을 돌렸다.

감정적인 흥분은 여전했다. 하지만 이제는 내가 스스로 수위를 조절하는 것이 가능했다.

'저주 혈청의 효과는 한 달이라고 하니… 늦어도 그 안에 모든 일을 끝내야겠군.'

나는 그렇게 생각하며 전승자에게 물었다.

"예비 혈청은 얼마나 가지고 있지?"

"아직 30캡슐 정도 남았습니다. 만드는 데 시간은 오래 걸리지만 쓸 일은 더 없으니까요."

"하긴, 초월자가 몇만 년마다 한 번씩 오니… 루도카 같은 경우도 드물 테고. 실제로는 하나 만드는 데 얼마나 걸리나?"

"아, 만들어내는 것 자체는 금방입니다. 재료를 모으는 게 오래 걸리죠. 보통 캡슐 하나당 삼사십 년이 걸립니다. 문제는 유통기한이죠."

"유통기한?"

"만들어놓은 혈청에는 유통기한이 있습니다. 300년쯤 지나면 폐기해야 합니다. 덕분에 주기적으로 유통기한이 지난 혈청을 폐기하고, 새 혈청을 만드는 것이 전승자의 주 임무 중 하나입니다."

"그것참… 귀찮은 일이군."

"그래봤자 전승자의 일생에 한두 번 있을까 말까 합니다. 어떻게 보면 무료한 일상보다는 낫다고 할 수도 있죠."

전승자는 어깨를 으쓱였다. 나는 그제야 녀석에게도 인간적인 모습이 있다는 것을 느끼며 쓴웃음을 지었다.

"그래. 심심한 것보다는 뭔가 하는 게 낫겠지. 그보다도 이 혈청이 사이보그에게도 효과가 있을까?"

"사이보그라면, 기계로 개조된 인간 말입니까?"

"그래. 뇌만 빼고 전부."

"효과는 있을 겁니다. 다만 투약량을 섬세하게 조절해야겠군요. 약효가 두뇌에 다이렉트로 전해질 테니… 아, 같은 의미로 저주가 쌓이는 속도도 빠를 겁니다. 인간의 육체는 기본적으로 저주에 저항하는 힘이 있으니까요."

"나도 그렇게 생각했다. 그럼 일단 캡슐을 세 개 정도 더 주겠나?"

"당장 가진 건 두 개뿐이군요. 저쪽에 보관소가 있습니다. 같이 가시겠습니까?"

전승자는 앞장서서 길을 안내했다.

물론 길이라 봤자 흙바닥에 울퉁불퉁한 돌이 박혀 있는 것에 불과했다. 나는 까마득하게 높은 동굴의 천장을 올려다보며 물었다.

"여긴 지표면에서 얼마나 깊이 있는 거지?"

"해발고도에서 2.4km 지하에 위치합니다. 그렇게 따지면 '해발저도'라고 하는 게 맞겠군요."

"보이디아에도 바다가 있나?"

"있습니다만 이미 죽은 바다입니다. 이곳의 지저천에 살고 있는 동물이 아마도 마지막으로 남은 해양 생물일 겁니다. 그런데 사이보그와 함께 오셨습니까?"

"그래. 오자마자 발작을 일으켜서 여기 집어넣었다."

나는 시공간의 주머니를 넣어둔 안쪽 품을 가리켰다. 전승자는 한숨을 내쉬며 고개를 끄덕였다.

"전에는 보이디아의 인간 하나하나가 전부 그런 주머니를 가지고 다녔습니다. 전이라고 해도 까마득한 과거입니다만… 최초의 전승자의 기억은 마치 어제 일어난 일처럼 그때의 광경을 보여주는군요."

"적어도 심심하진 않겠군. 과거의 기억들을 돌아보면 될 테니까."

"실제로도 그렇게 버티고 있습니다. 당장에라도 자원만 충분하다면 과거의 영광을 일으킬 수 있겠습니다만……."

바로 그때, 정면에서 머리가 마구 헝클어진 여자아이 하나가 반라의 몸으로 정신없이 달려왔다.

"우어! 우어! 우어어!"

"뭐 하는 겁니까! 멈추세요!"

그러자 전승자가 손을 뻗었다. 10살쯤 되어 보이는 여자아이는 갑자기 몸이 굳으며 그 자리에 웅크리기 시작했다.

나는 눈살을 찌푸리며 물었다.

"염동력인가? 스케라도 거의 없는 세상에서 잘도 그쪽 힘을 쓰는군."

"보이디아는 이론적으로 모든 힘을 다루는 법을 개발해 냈습니다. 그것을 초월체들이 다양한 방식으로 자신들의 차원에서 접목시킨 것이겠죠."

전승자는 웅크린 아이를 번쩍 안아 들며 투덜거렸다.

"아무튼 마음대로 날뛰어서 큰일입니다. 마취제도 없어서 더까다롭죠."

"마취제?"

"네. 마취제가 있으면 혈청을 만드는 게 훨씬 쉬워질 겁니다.

혈청의 근원은 육체가 고통을 느낄 때, 그것을 막기 위해 몸에서 분비하는 특수한 물질이거든요."

"……."

"아, 생각해 보니 마취를 해서 고통을 아예 느끼지 못하면 특수 물질이 분비되지 않을지도 모르겠군요. 물론 실험을 해보면 간단하겠습니다만……."

그 순간, 나는 전승자의 머리채를 움켜쥐고 아래로 찍어 눌렀다.

"우악! 왜, 왜이러십니까!"

"그러니까 지금 네 말은."

나는 저주의 부작용과 상관없이, 순수하게 몸 안에서 끓어오른 분노를 억지로 참으며 말했다.

"여기 아이들을 잡아서 억지로 몸에 고통을 주고, 거기서 나온 물질로 혈청을 만든다는 건가?"

"네? 아, 네. 물론입니다. 그래서 제가 말하지 않았습니까? 만드는 건 금방인데 재료를 모으는 데 시간이 걸린다고요. 혈청을 뽑아낸 아이들은 오래 못 살기 때문에, 인구 조절을 위해서는 시간을 오래 들여서 천천히 만들 필요가 있습니다. 그러니까……."

나는 손가락으로 입을 막았다.

그리고 전승자의 양팔을 움켜쥐고 반대 방향으로 돌려 꺾기 시작했다.

"으아아아아아아아아악!

전승자는 자지러지는 비명을 지르며 소리쳤다.

"그만! 그만하십시오! 으아아아아악! 대체 왜 이러시는 겁니까!"

"그러니까……."

나는 전승자를 노려보며 미소를 지었다.

"나도 혈청을 하나 뽑아보고 싶어졌다. 지금 당장."

*   *   *

나는 양팔이 부러진 전승자에게 회복 포션 몇 병을 먹였다.

그리고 잠시라도 좋으니 좀 떨어져 있으라 했다. 이 녀석과 계속 같이 있으면 애써 참고 있는 부정적인 감정들이 단숨에 폭발할 것 같다.

마음 같아서는 죽여도 이미 열 번은 죽였다.

하지만 전승자 또한 이곳에 넘쳐나는 짐승 같은 아이들 중 한 명에 불과했으리라.

그러다 전대 전승자의 선택을 받아 칩을 이식받고 다시 태어난 것이다. 나는 돌로 만들어진 침상에 걸터앉아 긴 한숨을 몰아쉬었다.

'이런 건 전혀 예정에 없었는데…….'

덕분에 혈청을 받아 큰 위기를 넘겼다. 하지만 혈청의 재료가 무엇인지를 생각하면 결코 마음이 편해지지 않았다.

그때 여자아이가 내 쪽으로 달려왔다.

방금 전에 전승자를 피해 도망치려 했던 그 아이였다. 아이
는 호기심 가득한 커다란 눈으로 날 바라보며 알 수 없는 소리
를 웅얼거렸다.

"우우, 웅워우어."

"넌 이름이 뭐니?"

"우우워."

"우우워가 이름인가? 그럴 리가 없겠지만……."

나는 쓴웃음을 지으며 시공간의 주머니에 손을 집어넣었다.

그리고 몇 개 안 남은 미군의 보급 박스를 꺼냈다. 그리고 무
엇을 줄까 잠시 고민하다 박스 안에 있는 에너지 바를 집어 들
었다.

"자, 먹어라. 맛있는 거야."

"우어……."

아이는 멍한 표정으로 에너지 바와 나를 번갈아 보았다. 나
는 에너지 바의 껍질을 벗긴 다음, 입가에 대고 씹는 포즈를 취
했다.

그리고 아이의 손에 직접 쥐어주었다. 아이는 그제야 눈치를
챈 듯, 에너지 바에 코를 대고 몇 차례나 킁킁거리기 시작했다.

그리고 한 입 깨물어 먹었다.

"……."

순간, 아이의 표정이 드라마틱하게 돌변했다.

마치 지옥에서 천국으로 승천한 듯한 얼굴이다. 잠시 동안
전율하던 아이는 즉시 남은 에너지 바를 엄청난 속도로 남김없

이 먹어치우기 시작했다.

그러고는 날 바라보며 행복한 강아지처럼 짖어대기 시작했다.

"우어! 우워어어!"

"그래, 맛있냐?"

"우어우어!"

"……"

나는 한참 동안 말없이 아이를 마주 보았다.

그리고 이번에는 껍질을 까지 않은 에너지 바를 건네주었다. 그러자 아이는 주저 없이 내가 했던 것처럼 껍질을 벗긴 다음 입안에 쑤셔 넣기 시작했다.

"영리하군."

나는 감탄했다. 그리고 멀리 떨어져 있는 전승자를 향해 소리쳤다.

"지금 당장 여기로 와! 빨리!"

전승자는 즉시 내 쪽을 향해 전력으로 달렸다.

"헉… 와, 왔습니다. 이제 성질이 좀 가라앉으셨습니까?"

"성질? 내가 너한테 성질을 부렸다고 생각하나?"

나는 전승자의 양어깨를 움켜쥐었다. 전승자는 감전이라도 된 듯 몸을 떨며 말했다.

"그러면… 대체 왜 제 팔을 부러뜨리신 겁니까?"

"인간의 목숨을 희생해서 만든 혈청을 먹었으니까."

"그게 무슨 상관입니까? 사실을 알았다면 안 드셨을 겁니까?"

전승자는 억울한 듯 입술을 깨물었다. 나는 이자와 내가 평생 동안 서로 이해할 수 없을 거란 사실을 깨달으며 고개를 끄덕였다.

"그래. 알았다고 해도 결국 먹었겠지."

"그럼 결국 화풀이를 한 셈이지 않습니까! 이래서 문명 레벨이 낮은 차원의 인간은……"

동시에 전승자가 한쪽 무릎을 꿇으며 무너졌다. 나는 손아귀에 아주 약간의 힘만을 주며 경고하듯 말했다.

"포션은 아직 많아. 몇 병 더 마시고 싶나?"

"…야만적이군요."

"야만은 인간의 몸을 쥐어짜서 혈청을 만드는 게 야만이지. 하지만 상관없어. 이런 쓸데없는 이야기를 하러 온 게 아니니까. 지금부터 내가 하는 질문에만 답해라."

"알겠습니다."

"우선은 큐브다. 넌 지상에 있는 나를 한 번에 여기까지 데려왔지. 혹시 큐브로 한 번에 올려 보내 줄 수 있나?"

"가능합니다. 그런데 어떤 큐브 말입니까?"

"어떤 큐브라니?"

"큐브는 총 여섯 개가 있습니다."

"여섯 개?"

나는 순간적으로 당황했다.

"왜 여섯 개나 있지? '극한의 부정체'를 봉인한 큐브 하나뿐이 아니었나?"

"여섯 개가 모두 같은 큐브입니다. 물론 겉에서 보면 각기 독립되어 멀리 떨어져 있습니다. 하지만 내부는 연결되어 있습니다."

"그건 또 무슨 헛소리야……."

나는 눈살을 찌푸리며 머릿속으로 상상했다.

"그러니까… 여섯 개의 큐브의 내부는 텔레포트 게이트 같은 걸로 서로 연결되어 있다는 말인가?"

"비슷합니다. 개념은 전혀 다르지만요."

"어쨌든, 그럼 아무래도 상관없는 것 아닌가? 어느 큐브로 들어가도 내부는 전부 연결되어 있을 테니까."

"하지만 큐브마다 출몰하는 공허 합성체의 특성이 다릅니다. 참고로 초월자께서 직접 보셨던 큐브는 3번 큐브입니다. 저주를 음파의 형태로 바꿔 대상을 공격하는 특수 능력을 가지고 있죠."

"까다롭군……."

나는 몇 시간 전의 기억을 떠올리며 한숨을 내쉬었다.

"좋아. 각 큐브의 특성에 대한 설명은 나중으로 미룬다. 일단은 스텔라가 어느 큐브로 들어갔는지부터 말해."

"1번 큐브로 들어가셨습니다."

"그것은 네 판단이었나? 아니면 스텔라의?"

"스텔라 님의 판단이었습니다. 이유는 말해주지 않아서 모릅니다."

"좋아. 그럼 일단 나도 1번 큐브다. 좀 더 나중에 가게 되겠지만……."

그사이 순식간에 두 개의 에너지 바를 해치운 아이가 간절한 얼굴로 날 바라보고 있었다.

"우으어……."

전승자는 자신이 접근해도 도망치지 않는 아이를 보며 헛기침을 했다.

"흠, 목이 마른 것 같군요. 뭔가 먹을 걸 주셨습니까?"

"그래. 허겁지겁 먹더군. 그런데 이 아이의 말을 이해할 수 있는 건가?"

"뇌파를 통해 간략한 욕망 같은 건 알아낼 수 있습니다. 하지만 이상하군요. 목이 마르면 지저천으로 달려가면 될 텐데 말이죠."

"지저천이라면, 그 시꺼먼 물말인가?"

"여기서 마실 수 있는 건 그것뿐이니까요. 아니면 이슬을 모은 물인데, 그것은 전승자인 저조차도 자주 마실 수가 없습니다."

나는 즉시 주머니 속에서 생수병을 꺼내 들었다. 그러고는 직접 뚜껑을 따서 아이에게 건네주었다.

아이는 기다렸다는 듯이 병에 든 물을 마시기 시작했다.

"꺄! 꺄꺄!"

그러고는 제자리에서 펄쩍펄쩍 뛰기 시작했다. 나는 전승자를 보며 물었다.

"왜 저러지?"

"물맛이 좋아서 감격한 것 같습니다. 그런데 죄송하지만⋯⋯."

전승자는 마른침을 삼키며 조심스레 말을 꺼냈다.

"혹시 저 물⋯ 제게도 한 병 주실 수 있습니까?"

"뭐가 예쁘다고 너한테?"

"부탁입니다. 제발 한 병만 주십시오."

"하⋯⋯."

나는 콧방귀를 뀌며 생수병 하나를 더 꺼냈다. 전승자는 떨리는 손으로 생수병을 따 마시기 시작했다.

"후아⋯ 이런 물은 16만 년 만에 처음 마셔보는 것 같군요."

그러고는 녹아내릴 듯한 얼굴로 그 자리에 주저앉아 버렸다. 나는 에너지 바도 꺼내 바닥에 툭 던지며 말했다.

"지금부터 내가 하는 말을 잘 들어라."

"네? 아, 네."

"지금 보이디아는 지상에 최상급 공허 합성체가 있고, 큐브에는 상급 공허 합성체가 있다. 이 구도가 맞나?"

"네. 맞습니다."

"어째서 그렇게 됐지?"

"공허 합성체의 등급은 자신들이 품은 저주의 양에 따라 달라집니다. 지상에 있는 녀석들은 초창기에 인류를 멸종시키며 저주를 쌓았습니다. 그리고 인간이 사라지자 서로를 먹어치우기 시작했죠."

"서로를 먹어치운다고?"

"네. 보다 약한 개체가 주변에 있으면 공격적으로 흡수해 버립니다. 그렇게 더욱 강력한 존재로 거듭나는 것이죠. 지금도 큐브에서 상급들이 지상으로 내려오면 최상급들이 몰려와서 먹어치웁니다. 직접 보시지 않았습니까?"

"그럼 큐브에 공허 합성체는 어떻게 된 거지? 무에서 유를 창조하는 것도 아니고. 이런 식으로 계속 먹히면 결국 동이 나지 않을까?"

"그건 저도 모릅니다. 큐브 내부에 직접 들어가 본 적은 없으니까요."

전승자는 조심스럽게 에너지 바의 껍질을 벗긴 다음 조금씩 뜯어 먹기 시작했다. 나는 한동안 고민하다 다시 질문했다.

"나는 큐브를 파괴할 거다. 그렇게 하면 큐브나 지상에 있는 모든 공허 합성체가 같이 소멸하나?"

"그렇지는 않습니다. 다만 새로운 공허 합성체가 출몰하진 않겠죠."

"다른 차원에 대한 공격도?"

"물론입니다. 하지만 이미 다른 차원에 넘어간 공허 합성체가 있다면, 큐브를 파괴한다고 같이 사라지는 일은 없을 겁니다."

"그런가……."

"하지만 큐브가 사라지면 저주의 근원이 사라지는 셈입니다. 공허 합성체도 분명 서서히 말라 죽겠죠."

"최상급도?"

"네. 최상급이 품은 저주를 계산하면… 대략 20만 년쯤 지나면 자연히 소멸할 겁니다. 만약 큐브를 파괴한다면 말입니다만."

전승자는 여전히 불가능하다는 말투였다. 하지만 생수와 에너지 바를 먹은 이후로 급격히 표정이 풀리며 공손해지기 시작했다.

"어쨌든 저는 초월자가 하는 모든 일에 최선을 다해 돕겠습니다. 계획이 있다면 말씀해 주십시오. 그대로 따르겠습니다."

"내 계획은."

나는 아예 옆자리에 앉아버린 아이의 머리를 가볍게 쓰다듬으며 말했다.

"일단 공허 합성체를 전부 소멸시키는 거다."

"전부 소멸시킨다니… 지상에 있는 최상급을 포함해서 말입니까?"

"그래."

"지상에 있는 최상급은 모두 6백 마리가 넘습니다만?"

"나도 안다. 맵온으로 검색했으니까."

"그건 불가능합니다. 어쩌면 큐브를 파괴하는 것보다 이쪽이 더 어려울지도 모릅니다."

"그게 어려운지 아닌지는 직접 해보면 알겠지."

나는 자리에서 일어났다.

그리고 근처에 있는 평지로 자리를 옮긴 다음, 시공간의 주머니에 손을 넣고 중얼거리기 시작했다.

'스케라 충전기.'

그러자 거대한 충전기의 일부분이 손에 잡혔다. 나는 조심스레 균형을 잡으며 그것을 꺼내 지상에 내려놓았다.

전승자가 눈을 부릅뜨며 물었다.

"이건 무엇입니까?"

"충전기다. 그런데 너는 이름이 뭐지?"

"네?"

"이름 말이다. 전승자가 이름은 아니잖아?"

"저는 이름이 없습니다."

전승자는 눈살을 찌푸리며 난처한 표정을 지었다.

"저는 그냥 전승자입니다. 물론 최초의 전승자에겐 이름이 있었습니다만……."

"그럼 됐어. 넌 지금부터 김 소위다."

"네? 네?"

"앞으로 여기가 거점이 된다. 나는 지금부터 지상에 올라가 최상급을 사냥한다. 김 소위의 역할은 나를 지상으로 올려 보낸 다음, 내가 신호를 보내면 다시 이곳으로 데려오는 거다. 알겠나?"

김 소위가 된 전승자는 복잡한 표정으로 날 바라보았다. 그러다 한참 만에 입을 열었다.

"한 가지만 물어봐도 되겠습니까?"

"뭐든 물어라."

"소위가 무엇인지는 이해했습니다. 군대의 계급이겠죠. 그런데 '김'은 뭡니까?"

"가장 흔한 성이지. 왜, 마음에 안 드나?"

"마음에 안 드는 게 아니라… 아니, 알겠습니다."

김 소위는 내가 꺼낸 스케라 충전기를 보며 왼쪽 눈을 찌푸렸다.

"무엇이든 명령하는 대로 따르겠습니다. 이런 기계를 직접 가져오셨다면… 어쩌면 승산이 조금은 있을지도 모르겠군요."

"좋아. 그런데 김 소위?"

"네, 초월자님."

"내가 만약 모든 공허 합성체를 제거하고 큐브를 파괴하면, 그때는 여기 있는 모든 인간이 다시 지상으로 올라가서 살 수 있게 되겠지?"

"물론입니다. 공허 합성체를 피해서 숨어 살고 있는 것뿐이니까요. 하지만……."

"하지만은 없다."

나는 김 소위를 쏘아보며 말했다.

"넌 지금부터 인구 조절을 할 필요가 없다. 추가로 혈청을 만들 필요도 없고, 이곳에 있는 모든 인간들에게 교육을 시킬 의무가 있다. 알겠나?"

"하지만… 아니… 알겠습니다."

김 소위는 할 말이 많아 보였다. 하지만 속으로 집어삼키며 고개를 끄덕였다.

"그렇게 하겠습니다. 하지만 당신이 살아 있을 때까지만 입니다. 당신이 최상급과 싸우다 죽으면, 그때는 원래대로 돌아가 겠습니다."

"좋아. 그렇게 해라."

나는 멈춰 있는 충전기를 다시 작동시키며 말했다.

"지금부터 닷새 안에 지상에 있는 모든 최상급을 퇴치한다. 그리고 큐브를 공략한다. 알겠나? 알겠으면 지금 당장 나를 지상으로 올려 보내라!"

나는 스텔라를 떠올렸다.

당장에라도 이런 짓은 그만두고, 한 번에 큐브로 올라가 그곳을 파괴하고 스텔라를 구해 돌아가고 싶다.

하지만 그럴 수 없다.

그렇다고 감정에 휘둘리는 것은 아니다. 물론 지하 세계에 살고 있는 아이들이 눈에 밟혔지만, 실제로 그것과 이것은 전혀 상관없는 별개의 문제였다.

최상급 공허 합성체.

지금 당장 지상에 있는 최상급이 한 마리라도 다른 차원으로 넘어간다면?

'그 차원은 파멸한다. 물론 레비그라스에서 활약하는 2세대

지구인들의 역량을 전부 파악한 것은 아니지만······.'

어쩌면 막아낼 수 있을지도 모른다.

하지만 피해 없이 막는 것은 절대 무리다. 그렇게 한 마리가 더 넘어오고, 또 한 마리가 더 넘어오면 더 이상 막아낼 수 없게 될 것이다.

'지구는 말할 것도 없고, 오비탈도 견뎌내지 못할 거다. 큐브를 파괴하고 스텔라를 구해낸다 해도··· 돌아갈 차원들이 이미 멸망했다면 의미가 없어.'

그래서 나는, 다른 차원이 견뎌내기 힘든 적들을 먼저 몰살시키는 쪽을 선택했다.

우웅!

순간적으로 주변이 어두워졌다.

지상은 여전히 캄캄하고 불길한 황무지였다. 즉석에서 텔레포트 게이트를 만든 김 소위는 입술을 깨물며 북쪽을 가리켰다.

"저쪽으로 5km쯤 떨어진 곳에 최상급이 있습니다. 다른 녀석들과 간격이 멀어서 각개격파하기 좋을 겁니다."

맵온에도 같은 정보가 표시되었다. 녀석은 냄새를 맡았는지, 곧바로 이쪽으로 이동하기 시작했다.

나는 김 소위를 돌아보며 물었다.

"너는 항상 맵온을 켜놓고 지상의 상황을 살피고 있나?"

"물론입니다. 그게 제 일인걸요. 공허 합성체, 인간, 초월체, 초월자 등등을 10초 간격으로 끊임없이 검색합니다."

"그것참… 정신이 산란하겠군."

"딱히 수고를 들일 필요는 없습니다. 자동적으로 진행되니까
요."

김 소위는 손가락으로 자신의 머리를 두드렸다. 나는 그 자
리에서 시공간의 주머니를 꺼내 슌의 몸을 살짝 꺼냈다.

"그럼 거기에 '사이보그'를 추가해라."

"오, 이게 말씀하신 그 사이보그입니까? 그런데 어째서……."

"이름은 슌이라고 한다. 내가 슌을 꺼내면 그게 신호다. 슌
이 검색되면 곧바로 내가 있는 곳으로 돌아와라. 무슨 말인지
알겠나?"

무전기가 있는 것도 아니니 이런 식으로 신호를 보낼 수밖에
없다. 내가 슌의 몸을 다시 집어넣자, 김 소위는 놀란 얼굴로
고개를 끄덕였다.

"오, 알겠습니다. 확실히 좋은 방법이군요."

"그럼 돌아가라. 여기 있으면 위험하니까."

최상급과의 거리는 어느새 3㎞까지 좁혀져 있었다. 김 소위
는 눈을 감고 잠시 생각하다 말했다.

"전투를 오래 끌면 다른 최상급이 도착할 겁니다. 제 예상으
로는 7분이 경과하면 두 마리의 최상급이 추가로 도착할 겁니
다. 그 전에 전력을 기울여서 사냥을 끝내시는 걸 추천합니다."

"전력?"

나는 쓴웃음을 지으며 고개를 저었다.

"그건 두고 봐야겠지. 그럼 조금 이따가 다시 보자."

"알겠습니다."

김 소위는 처음 보는 형식의 인사를 건넨 다음 사라졌다. 나는 녀석을 흉내 내 양팔을 비대칭으로 교차하며 웃었다.

"이미 멸망한 보이디아 문명의 인사법인가?"

그리고 유체 금속 검을 분리했다.

'최상급의 내구력은 1만에 육박한다. 과연 기존의 방식 그대로 해치울 수 있을까?'

시험해 보지 않으면 알 수 없다. 나는 오러의 충전이 끝난 네 자루의 검을 사방으로 띄워 보내며 심호흡을 했다.

공기가 탁하다.

사실 탁하다는 말로는 이 질척한 느낌을 온전히 표현할 수 없다. 나는 풍혈의 계곡에서 수련을 했던 기억을 떠올리며 눈을 감고 의식을 집중했다.

그때 소리가 들렸다.

쿠우우우우우우우우…….

최상급이 울고 있다.

동시에 거대한 촉수 더미가 내 쪽으로 날아들었다. 사거리가 2㎞를 넘는, 그야말로 초장거리 촉수 공격이다.

'일단은 테스트다.'

나는 오러 실드를 전개하며 직격을 받아냈다.

쿠구구구구구구구구궁!!

찰나의 순간에 수 킬로를 날아온 여덟 가닥의 촉수.

한 가닥 한 가닥이 순항미사일을 능가하는 위력을 가지고 있다.

하지만 견딜 만했다.

나는 어둠 속에 자욱한 먼지를 보며 안심했다.

공격이 실패로 돌아간 촉수는 모두 검은 연기가 되어 흩어졌다.

오러 실드가 어느 정도 소모되긴 했지만, 이 정도라면 다섯 배의 촉수가 날아오더라도 견딜 수 있다.

하지만 낙관은 금물이었다.

콰과과과과과과과과과과과광!

순간적으로 새빨간 불길과 함께 폭발이 일어났다.

흩어진 검은 연기가 일제히 반응하며 폭발을 일으켰다. 나는 반사적으로 몸을 웅크리며, 세상을 가득 메운 폭염에 감탄을 거듭했다.

'이건 또 새로운 패턴이군. 엄청난 위력인데⋯⋯.'

세상 어디도 전부 폭발과 화염으로 가득 차 있다.

나를 중심으로 약 1㎞의 범위는 이미 불의 세계였다. 나는 이 화염 지대를 빠져나가는 대신, 그대로 오러 실드를 강화하며 뿌려놓은 유체 금속 검에 의식을 집중했다.

'뭔가를 또 하려는 것 같은데?'

나는 유체 금속 검의 시야로 적의 움직임을 포착했다. 2㎞쯤 떨어진 곳에 멈춰선 녀석은, 또다시 몸의 중심부를 꿈틀거리며 새로운 촉수를 뿜어냈다.

모두 해서 80개의 촉수를.

'열 배라고? 먼저 쏘아낸 건 맛보기였나?'

나만 녀석의 힘을 테스트하고 있던 게 아니었다. 실제로는 녀석도 가벼운 공격으로 간을 보고 있던 것이다.

하지만 덕분에 녀석의 핵심부의 위치를 확정할 수 있었다. 나는 날아오는 촉수와 교차하듯 네 자루의 검을 전속력으로 날렸다.

'관통할 수 있을까?'

못 했다.

푸확!

유체 금속 검은 녀석의 몸속으로 10미터쯤 파고들어 간 지점에서 멈춰 버렸다.

파지지지지지지지직!

동시에 칼날에서 검은 전류들이 퍼지며 적의 내부를 작열하기 시작했다.

하지만 적의 핵심부에는 도달하지 못했다. 내구력이 워낙 높고, 부피가 압도적이라 힘이 부족했다.

그와 동시에 녀석이 뿜어낸 새로운 촉수들이 화염을 뚫으며 내가 서 있는 곳을 강타했다.

쿠콰과과과과과과과과과광!

촉수가 워낙 많은 탓에 실제로는 내가 서 있는 근방의 수십 미터의 지면 전체가 일제히 공격을 당했다.

그 때문에 지진이 난 것처럼 온 세상이 흔들렸다.

하지만 그것뿐이었다.

80개의 촉수가 정확히 한 지점을 노리고 쏟아졌다면 모를까, 실제로는 힘이 분산되어 처음 일격에 비해 열 배의 위력을 내지 못했다.

기껏해야 두세 배 정도일까?

그와 동시에 나는 적의 몸에 박혀 버린 유체 금속 검에 스킬을 발동시켰다.

'오러 브레이크!'

순간, 적의 몸 안에서 강력한 힘의 폭발이 일어났다.

덕분에 칼이 꽂힌 장소를 중심으로 반경 10미터쯤 되는 텅 빈 공간이 생겼다. 공간의 여유를 얻은 나는 곧바로 적의 핵심부를 향해 가속도를 높였다.

푸확!

검은 오러가 만들어내는 오러 브레이크의 위력은 기존의 그것을 아득히 초월했다.

순간적으로 소멸한 공간을 제외하고라도, 주변의 조직까지 내구력이 떨어져서 훨씬 쉽게 관통할 수 있었다.

하지만 거기까지였다.

콰직!

네 자루의 칼끝이 적의 핵심으로 파고들려는 그 순간, 마치 금속과 같은 단단한 무언가가 칼끝을 가로막았다.

'이건 뭐지?'

온 세상이 새까만 탓에 유체 금속의 시야로도 정확히 파악할 수 없다.

확실한 건 공허 합성체의 몸을 형성하고 있는 검은 기운의 집합체는 아니라는 것이다.

파지지지지지지지직!

네 자루의 칼끝에서 칠흑 같은 전류가 사정없이 뿜어져 나왔지만, 문제의 금속에 막혀 내부로 파고들질 못했다.

그래서 이번에는 내가 직접 칼로 찔렀다.

콰지지지지지지지지지직!

한순간이었다.

적이 내부에 꽂힌 유체 금속 검에 집중하는 동안, 나는 단숨에 불의 세계를 돌파해 적의 중심부를 향해 도약해 뛰어올랐다.

그것은 정말로 금속이었다.

내 칼은 정교하게 만들어진 금속 구체 속으로 깊숙이 꽂혀 있었다.

파지지지지직!

동시에 검은 전류가 구체의 내부로 파고들어 갔다. 나는 순간적으로 작열하는 힘의 폭풍을 느끼며 전율했다.

동시에 나를 감싼 검은 기운의 세상이 폭발했다.

하지만 지금까지 경험한 것과는 전혀 달랐다.

과거의 공허 합성체들은 화염도 없고, 소리도 없는 공허의 폭발을 일으켰다. 하지만 녀석은 자신의 몸을 이루고 있는 모든 물질을 반응시켜 폭발을 일으켰다.

그것은 지금까지 내가 경험한 폭발 중에 가장 강력한 것이었다.

"……."

소리가 너무 커서, 처음에는 아무 소리도 들리지 않는 것 같았다.

이윽고 상상조차 할 수 없는 폭압이 일어났다. 그 탓에 밖으로 튕겨 버린 나는 거의 10㎞ 이상을 날아가 지면에 추락했다.

치이이이이이이이이익!

그 와중에도 내 칼에 박혀 있던 거대한 금속 구체가 연기를 내기 시작했다. 나는 새까맣게 탄 금속의 표면을 보며 헛웃음을 지었다.

"하, 하하… 뭐지 이건?"

확실한 건 이 안에 최상급의 핵심부가 깃들어 있었다는 것이다. 나는 구체에 양발을 대고 단숨에 칼을 뽑아냈다.

콰직!

그러자 칼날 두께만큼 뚫린 구멍에서 새롭게 회색 연기가 피어올랐다.

동시에 역한 냄새가 났다.

이것은 단백질이나 지방이 타는 냄새다. 나는 구멍 안을 들여다보고 싶은 충동을 참으며 한 발 뒤로 물러났다.

그 와중에도 폭발은 계속되고 있었다.

콰과과과과과과과과과과과과과광!

폭발은 좌우보다 위쪽으로 기세를 높이며 작열했다.

'이 정도면 우주에서도 눈으로 확인할 수 있겠군.'

나는 한숨을 돌리며 상태를 점검했다.

새로 전개한 오러 실드는 방금 전의 폭발로 거의 완벽하게 소멸해 버렸다.

하지만 그 이상의 피해는 없었다. 다른 방향으로 튕겨 나간 유체 금속도 마찬가지였다.

'일단 네 자루 전부 오러 실드를 전개하긴 했는데… 하길 잘했군. 이 정도면 본체에 손상이 왔을지도 모르겠어.'

나는 유체 금속 검을 회수하며 맵온을 펼쳤다. 그사이 두 마리의 새로운 최상급이 20㎞ 안쪽까지 접근해 있었다.

그 밖에도 반경 300㎞ 안에 있는 20여 마리의 최상급의 움직임이 보였다. 나는 회수한 유체 금속에 소모된 오러를 충전하며 천천히 고개를 끄덕였다.

'이 정도면 앞으로 대여섯 마리까지는 충분히 잡겠군. 그런데……'

그런데 문제가 생겼다.

치솟는 폭염의 위쪽으로, 검은 하늘이 걷히며 눈부신 무언가가 모습을 드러냈다.

"달……."

물론 달은 아니다.

그것은 밝은 색의 금속으로 만들어진 인공 천체였다. 나는 '큐브'라는 단어를 목구멍 속으로 중얼거리며 눈살을 찌푸렸다.

'그러고 보니 김 소위에게 저걸 안 물어봤군.'

그것은 명백한 의지를 가지고 움직이고 있었다. 나는 큐브의 표면에 맺히는 검은 점들을 보며 한숨을 내쉬었다.

공허 합성체 — 927

600마리 초반이었던 공허 합성체의 숫자가 300마리쯤 늘어 났다.

'큐브는 지표면에 있는 인간을 감지하고 의도적으로 새로운 공허 합성체를 투입하는 걸까?'

하지만 내가 상대하지 않더라도 결국 최상급들의 먹이로 전락할 것이다. 덕분에 나는 여러 가지 경우의 수를 떠올렸고, 최대한 빠르게 그중 하나를 선택해야 했다.

1. 일단 지하 세계의 거점으로 돌아간다.

이렇게 하면 힘을 들이지 않고 새롭게 투입된 '상급'을 제거할 수 있다.

하지만 새로운 먹이로 배를 불린 '최상급'의 상태가 문제다.

'어쩌면 먹이를 계속 먹고 더욱 강력한 존재로 각성할지도 모른다. 이걸 확실히 파악하기 전에는… 계속 먹잇감을 늘려주는 건 위험부담이 너무 커.'

2. 동시에 모든 적과 다 싸운다.

'이건 안 봐도 뻔하다. 말도 안 되는 난장판이 벌어지겠지.'

나는 포식하는 최상급과 저항하는 상급들로 뒤엉킨 아수라장을 떠올렸다.

물론 이것도 잘 활용하면 기회가 될 수 있을 것이다. 하지만 한 번에 너무 많은 변수를 도입하는 건 좋은 선택이 아니다. 가뜩이나 유체 금속 검들을 컨트롤하느라 머리가 터질 것 같은 상황에선 더욱이.

3. 각개격파 한다.

내 선택은 3번이었다. 나는 낙하하는 상급들을 피해, 지상에서 접근하는 새로운 최상급을 향해 먼저 질주하기 시작했다.

*   *   *

개성적이었다.

최상급은 모두 각자의 개성을 가지고 있었다. 두 번째로 상대한 녀석은 폭발하는 촉수 공격 대신, 몸을 아메바처럼 확장시키며 거대한 파도처럼 온몸으로 뒤덮는 공격을 감행했다.

세 번째 녀석은 또 달랐다.

녀석은 약 400여 개의 촉수를 일제히 뻗어낸 다음, 몸 전체를 회전하며 믹서와 같은 수법을 동원했다.

덕분에 전투 하나하나가 완전히 새롭고 까다로웠다.

두 번째 녀석은 스스로의 약점을 보호하지 않아서 그나마 쉬웠다. 하지만 세 번째 녀석은 공격과 수비가 일체된 덕분에 핵심부를 파괴하는 데 시간이 오래 걸렸다.

약 3분 정도.

그사이 지상에 강습한 300여 마리의 상급들이 내 쪽으로 몰려들었다.

물론 상급은 최상급보다 약하다. 유체 금속 검의 일격에 한 마리씩 제거할 수 있다.

하지만 300마리를 동시에 상대하는 건 또 다른 문제다. 나는 최상급의 죽음과 함께 작열하는 두 개의 거대한 불기둥 사이에 자리를 잡고 적의 사각을 만들었다.

사실 두 불기둥의 간격은 3㎞에 달할 만큼 넓었다. 하지만 폭염의 영향력이 막강한 덕분에 수백 마리의 상급들은 넓게 펼쳐지지 못한 채, 한 번에 직선으로 몰려올 수밖에 없었다.

'제아무리 공허 합성체라도 저 불길은 위험한가 보군.'

적의 대열은 어림잡아 다섯 마리씩 60줄이다.

물론 이것도 장점은 있을 것이다. 포위가 불가능한 대신, 충돌 순간의 돌파력은 훨씬 강해질 테니까.

'이대로 정면으로 충돌하면 오히려 더 위험해지겠지.'

나는 눈앞에 집결해 놓은 유체 금속 검들을 노려보며 심호흡을 했다.

모든 것은 계획대로 흘러가고 있다.

하지만 실행 직전의 긴장감은 언제나 새롭다. 나는 유체 금속 검에 모든 신경을 집중하며 정면으로 쏘아 날렸다.

파지지지직!

네 자루의 검은 순식간에 첫 대열의 중앙에 있는 적의 몸을 관통하며 지나갔다.

하지만 이것은 시작에 불과했다. 나는 계속해서 유체 금속을 컨트롤하며 뒤쪽에 있는 적의 중심부를 관통시켰다.

그리고 또.

그리고 또…….

파지지지지지지지지직!

그렇게 71마리의 적을 순식간에 소멸시켰다.

'아직 여유가 있군.'

유체 금속 검에는 아직 30% 정도의 오러가 남아 있었다. 나는 칼끝을 하늘로 돌린 다음, 여전히 떼거리로 몰려오고 있는 적들의 머리 위로 검을 회수했다.

여기까지 고작 해야 1분도 걸리지 않았다.

나는 회수한 유체 금속 검에 소모된 오러를 충전시켰다. 그 사이, 적의 전열은 1㎞ 안쪽으로 접근해 있었다.

'아직 한 번 정도는 더 할 수 있겠군.'

그리고 곧장 적을 향해 검을 날렸다.

쉬이이이이이이익!

분명 이런 식의 효과적인 전투는 이번이 마지막일 것이다.

하지만 그다음에 사용할 작전도 이미 준비되어 있고, 그 작전이 끝난 다음의 작전도 전부 계획되어 있다.

파지지지지지직!

나는 순식간에 적을 소멸시키는 유체 금속 검에 의식을 집중하며, 잰걸음으로 적과의 거리를 벌리기 시작했다.

전투는 아직 시작에 불과했다.

*　　　　*　　　　*

지금 내 머리 위에 떠 있는 큐브는 6번 큐브라고 한다.

6번 큐브에서 출몰하는 공허 합성체의 특징은 '연기'였다. 가뜩이나 연기처럼 생긴 주제에, 자신의 몸을 더 넓고 뿌옇게 확장시키며 광범위한 공간을 덮어버린다.

그렇게 목표를 덮어버린 다음, 그 공간에서 다시 실체화하며 목표를 자신의 몸 안에 가둬 버린다.

물론 쓸데없는 짓이었다.

연기로 변한다고 핵심부까지 연기로 사라지는 건 아니다. 오히려 보호막을 잃은 핵심부를 더욱 손쉽게 처리할 수 있었다.

몸 안에 가두는 것도 마찬가지다. 나는 시험 삼아 '일부러' 적의 몸 안에 두 번 정도 가둬져 봤지만, 적의 압력은 오러 실드는 물론, 그냥 발동시킨 오러조차 뚫지 못하는 미약한 수준에 불과했다.

그렇게 300여 마리의 상급을 해치우는 데 총 20분 정도의 시간이 소모됐다.

이것도 여러 가지 테스트와 약간의 시행착오를 하느라 늦어진 것이다.

만약 똑같은 상황이 반복된다면 15분 안쪽으로 전투를 끝낼 자신이 있었다.

"하지만 숫자가 늘어났나……"

나는 큐브를 올려다보며 중얼거렸다.

또다시 큐브의 표면이 검게 물들기 시작했다. 새롭게 강습하는 상급의 숫자는 총 470마리였다.

그사이, 지상에 있던 새로운 최상급도 20㎞ 안쪽으로 접근한 상태였다. 나는 적과의 거리와 470마리의 상급을 해치우는 데 걸릴 시간, 그리고 남은 오러의 총량을 계산하며 잠시 고민했다.

'일단은 퇴각하기 전에 한 마리라도 더 많은 최상급을 처치하는 게 우선이다. 하지만 상급을 그냥 내버려 두는 것도 꺼림칙하다.'

문제는 큐브가 어디까지 상급을 생산할 수 있느냐는 것이다.

'설마 무한히 생산할 수 있는 건 아니겠지? 다음에는 한번 큐브의 역량을 끝까지 끌어내 봐야겠다.'

하지만 지금은 아니다. 나는 새롭게 접근하는 최상급을 향해 거리를 좁히고, 대신 낙하하는 상급들과는 거리를 벌렸다.

그리고 나는 육안으로 보이는 네 번째 최상급의 모습에 경악했다.

"인간……"

그것은 명백한 인간의 형태를 가지고 있었다.

압축된 검은 기운으로 만들어진 거대한 거인.

심지어 둔기를 연상시키는 검은 덩어리를 움켜쥐고 있었다.

쿵… 쿵… 쿵…….

녀석은 거대한 두 다리를 성큼성큼 내디디며, 단숨에 내 머리를 향해 검은 덩어리를 내리쬤었다.

쿠궁…….

지면에 내리꽂힌 덩어리는 무거운 파열음을 내며 위쪽으로 튕겨 올랐다. 반사적으로 적의 공격을 피한 나는, 그대로 지면을 박차며 적의 핵심부를 향해 일직선으로 날아올랐다.

'형태가 인간이니, 혹시 핵심부도 심장 부근에 있을까?'

그것은 가벼운 마음에서 나온 추리였다.

하지만 정답이었다.

파지지지지지지지지지지지직!

나는 단숨에 적의 몸을 관통한 다음, 일격에 적의 핵심부에 칼을 꽂아 넣었다.

동시에 거인의 몸이 폭발하며 사방으로 터져 나갔다.

콰과과과과가과과과과과과과과광!

지금까지 싸운 모든 최상급은 전부 개성적이었지만, 소멸하는 순간 대폭발을 일으키는 것만큼은 동일했다.

'어째서 인간의 형태를 하고 있는 거지? 나야 빠르게 끝장낼 수 있어 좋았다만…….'

나는 수 킬로를 튕겨 날아가며 그런 생각을 했다. 하지만 곧바로 정신을 차리며 오러 윙을 전개해 브레이크를 걸었다.

파지지지직!

이대로 계속 날아가면, 뒤쪽에 몰려오는 상급들의 한복판에 떨어질 것이다. 나는 적진과의 거리가 2㎞ 안쪽까지 줄어든 것을 확인하며 입술을 깨물었다.

'시간을 낭비했군. 다시 폭발 근처로 돌아가야겠어.'

나는 즉시 지상으로 착륙한 다음, 적진과의 거리를 벌리기 위해 달리기 시작했다.

아직까지는 오러 윙으로 하늘을 나는 것보다 지상에서 달리는 것이 더 빠르다.

'하지만 적들의 덩치가 너무 크다. 지금은 유체 금속 검에 주력하고 있어 큰 상관이 없지만……'

만약 스스로 자유롭게 하늘을 날고, 빠른 속도를 낼 수만 있다면 그쪽이 훨씬 편할 것이다. 나는 오러 윙을 좀 더 수련해야겠다는 필요성을 느끼며 고개를 끄덕였다.

그런데 바로 그 순간.

"……"

눈앞이 심하게 흔들렸다.

지진이나 폭발이 일어난 건 아니다. 나는 균형을 잃고 앞으로 고꾸라지며 엄청난 기세로 지면을 구르기 시작했다.

"큭……"

고개를 들자 멀리 새롭게 다가오는 최상급의 모습이 보였다. 나는 재빨리 몸을 일으키며 스스로의 상태를 점검했다.

'뭐지? 갑자기 몸이 왜 이러는 거지? 머리가 어지럽고……'

문제는 저주였다.

저주: 157(203)

어느새, 저주 스텟의 최대치가 200을 돌파해 버렸다.

정신없이 싸우느라 다시 저주의 축적이 시작된 것을 눈치채지 못했다. 나는 총 세 개나 씹어 먹은 캡슐을 떠올리며 이를 악물었다.

'어째서지? 혈청의 지속 시간은 1개월이라고 했는데?'

1개월은커녕 고작 한 시간도 안 돼서 효과가 떨어졌다. 나는 불특정 다수를 향해 치솟는 분노와 자기 자신을 좀먹는 끔찍한 혐오를 느끼며 고개를 저었다.

'혈청이 불량인가? 이 망할 김 소위는 그 끔찍한 짓거리를 하면서도 일 하나를 제대로 못 해내다니… 아니, 아니야. 이건 녀석의 잘못이 아니다. 그저 내가……'

나는 칼을 쥔 손이 떨리는 것을 노려보며 깨달았다.

그저 내가 너무 적응이 빠른 것뿐이다.

나는 엄청난 속도로 오러를 쌓았고, 고작 몇 달 만에 마력 스텟을 400 이상 확보했다.

오비탈에서도 한 번 물길이 트자 며칠 만에 200이 넘는 스케라를 획득했다. 물론 그때는 '스케라의 구덩이'라는 장소의 특수성도 있었지만, 어쨌든 내가 모든 종류의 힘에 대한 빠른 적응력을 가지고 있다는 건 사실이다.

그것은 이번에도 마찬가지였다.

보이디아 차원은 차원 전체가 저주로 꽉 찬 공간이다. 나는 그곳에서 마음껏 활개 치며 저주 그 자체라 할 수 있는 공허 합성체를 사냥한 것이다.

'이러니 혈청으로도 커버가 안 될 수밖에… 안 되겠다. 일단은 철수해야겠어.'

나는 즉시 시공간의 주머니를 열고 안에 들은 슌의 몸뚱이를 절반 정도 꺼내 들었다. 그러자 기다렸다는 듯이 바로 옆에 마법진이 생기며 김 소위가 모습을 드러냈다.

"기다렸습니다! 빨리 제 손을 잡으세요!"

김 소위는 왼쪽 눈을 찌푸리며 다급한 얼굴로 소리쳤다.

"벌써 최상급이 코앞입니다! 지금처럼 힘이 고갈된 상태로 는… 아니?"

스캐닝을 한 김 소위의 표정에 당혹감이 스쳤다. 나는 발끈 하는 분노를 가까스로 억제하며 낮은 목소리로 말했다.

"힘은 아직 남아 있다. 하지만 비상사태야. 즉시 돌아가자."

"저주 스텟이……."

김 소위는 금방 눈치를 채며 침을 삼켰다. 나는 녀석의 손을 움켜쥐며 마법진 안으로 걸음을 옮겼다.

*　　　*　　　*

"한 번에 최상급을 네 마리나 해치울 줄이야……."

거점으로 돌아온 김 소위는 얼굴에 흐르는 식은땀을 닦으며 감탄했다.

"맵온으로 확인하면서 진땀 꽤나 뺐습니다. 무리를 한다고 생각했는데, 실제로는 여유가 있었던 모양이군요."

그리고 새로운 혈청 캡슐을 내밀었다. 나는 곧바로 캡슐을 씹어 삼키며 심호흡을 반복했다.

"후우… 전투는 시간문제다. 하지만 저주가 문제군."

"음, 일단 캡슐 하나로 추가적인 상승은 억제가 된 것 같군요. 하지만 이렇게 빨리 혈청의 효과가 풀릴 줄은 몰랐습니다. 대체 뭐가 문제일까요? 지금까지 유통 기간은 확실하게 체크하면서 관리했는데……."

김 소위는 영문을 모르겠다는 표정이었다. 나는 빠르게 냉정을 되찾으며 내가 가진 특별한 친화력에 대해 하나씩 설명했다.

김 소위는 심각한 표정으로 고개를 끄덕였다.

"그렇군요. 결국 공허 합성체를 처치하는 과정에서 더 빠르게 혈청의 효과가 떨어지는 셈이니……."

"남은 혈청이 몇 개라고 했지?"

"30개입니다. 일단 이쪽으로 가시죠."

김 소위는 거점의 한쪽 구석에 있는 오래된 바위 선반으로 날 안내했다.

선반 위에는 수십 개의 캡슐이 가지런히 놓여 있었다. 캡슐의 주변으로는 하얀 냉기를 내뿜고 있는 금속 구체가 놓여 있어 이색적으로 보였다.

"아, 이건 온도를 조절하는 기구입니다. 온도가 너무 올라가면 혈청이 변질되거든요."

"설마 기계인가? 에어컨 같은?"

"에어컨이라… 무슨 의미인지는 알겠습니다만 그런 건 아닙니다."

김 소위는 피식 웃으며 고개를 저었다.

"이건 그냥 금속으로 만든 속이 빈 구체일 뿐입니다. 제가 일정 시간마다 직접 냉기를 넣어주고 있죠."

그리고 마법을 사용해 구체에 냉기를 부어 넣었다. 나는 순간 무언가를 깨달으며 눈살을 찌푸렸다.

"그러고 보니 이건……."

"네? 왜 그러십니까?"

"최상급의 핵심부를 감싸고 있던 커다란 금속 구체와 거의 비슷한 형태군. 혹시 그게 뭔지 알고 있나?"

"최상급의 내부에 이런 게 있다는 말입니까?"

김 소위는 차가운 구체를 직접 집어 들었다. 나는 고개를 끄덕이며 상황을 설명했다.

"과연… 그렇군요. 이건 반영구적으로 유지가 가능한 특수 합금입니다. 보이디아 문명이 번영하던 시절의 유산이죠. 주로 개인 벙커나 소형 탈출 캡슐에 사용됐습니다."

"탈출 캡슐?"

"보이디아가 멸망할 때 수많은 인간들이 외우주로 탈출하려 했습니다. 물론 쓸데없는 짓이었죠. 아마도 탈출에 실패한 채 캡슐에 갇혀 버린 인간들이 공허 합성체로 변질된 모양입니다."

그렇다면 납득할 수 있었다. 나는 고개를 끄덕이며 구멍이 뚫린 커다란 금속 캡슐을 떠올렸다.

"다음에는 하나 가져오도록 하지. 조사해 보면 뭔가 새로운 걸 알 수 있을지도 모르니까."

"마음대로 하십시오. 그보다도 혈청은 여기 있는 30개가 전부입니다. 정확히는 29개군요."

"29개라……."

나는 눈살을 찌푸렸다.

아무리 생각해도 29개로는 무리였다. 전투를 한번 치를 때마다 한 개씩 소모한다고 계산하면, 한 번의 전투에 무려 열 마리가 넘는 최상급 공허 합성체를 해치워야 하는 것이다.

'물론 큐브의 간섭이 없다면 불가능한 것도 아니지만…….'

문제는 열 마리의 최상급을 제거하는 동안, 대체 몇 마리의 상급을 처리해야 하는지 계산이 안 된다는 것이다.

나는 김 소위를 물끄러미 바라보다 물었다.

"김 소위?"

"네?"

"아까는 홧김에 했다만, 이번엔 좀 진지하게 고려해야 할 것 같다."

"뭘 말입니까?"

"혈청은 육체가 고통을 느낄 때 그것을 막기 위해 몸에서 분비하는 특수한 물질이라고 했지?"

"그렇습니다만……."

"나는 더 이상 이곳의 다른 아이들을 희생시킬 생각이 없다. 그러니까 이번에는 네가 희생해야겠어."

순간 김 소위의 표정이 창백해졌다.

"자… 잠시만요. 그건 불가능합니다! 혈청을 뽑을 기술을 가진 건 저뿐입니다! 제가 죽으면 아무것도 할 수 없습니다!"

"누가 죽인다고 했나? 고통과 죽음은 같은 뜻이 아니야. 아이들은 못 견디고 죽을지도 모르지만 너는 이제 다 큰 성인 아닌가? 그것도 무려 16만 년 이상을 살아온 전승자의 의지를 이어받았고."

"아니……."

"걱정 마라. 나한테 다양한 의약품과 포션이 있으니까. 절대 죽지 않고 필요한 만큼의 '충분한' 고통을 뽑아낼 수 있을 거다."

나는 미소를 지었다. 김 소위는 뒷걸음을 치며 고개를 젓기 시작했다.

"아, 안 돼……."

"아, 희생에는 보상이 따라야지. 일단 생수를 마음껏 마시게 해주지. 그리고 여기엔 네가 먹어본 적 없는 다양한 음식이 있다. 기대되지 않나?"

나는 시공간의 주머니를 흔들어 보였다. 김 소위는 그제야 걸음을 멈추며 약간의 호기심을 보였다.

그 순간, 나는 김 소위의 어깨를 움켜쥐며 말했다.

"좋아. 그럼 지금 당장 새 혈청을 하나 뽑아보자고."

• 117장 •
토너먼트

저주 혈청을 만드는 과정은 단순했다.

1. 혈청의 재료가 되는 보이디아인의 육체에 고통을 가한다.
2. 충분한 고통을 받은 보이디아인의 혈액을 채취한다.
3. 전승자의 마법으로 혈액에서 혈청을 분리해 캡슐에 저장
한다.

김 소위는 1번부터 3번까지 스스로 전부 해치웠다. 1번은 내
가 도와주려 했지만 절대 안 된다며 물고기의 가죽으로 만든
채찍을 집어 들었다.

"당신에게 잘못 맞으면 한 방에 즉사할 겁니다. 여기는 숙련

된 기술자인 제게 맡기십시오."

그리고 십여 차례 자신의 몸을 후려치고는 쓰러졌다. 나는 시공간의 주머니에서 회복 포션을 꺼내며 말했다.

"이걸 마시면 상처가 금방 회복될 거다. 그런데 상처가 회복되어도 혈청을 분리할 수 있는 건가?"

"상처는 상관없습니다."

김 소위는 고통스러운 얼굴로 포션을 받아 마셨다.

"중요한 건 통증을 느끼는 순간에 몸에서 분비되는 물질입니다. 지금 제 혈액 속에는 대량의 항저주 물질이 포함되어 있습니다. 이제 남은 것은 피를 내서……."

김 소위는 심호흡을 하며 오른 손바닥에 바람의 칼날을 만들어냈다.

그리고 칼날에 자신의 왼쪽 손목을 가볍게 그었다. 녀석은 미리 준비한 작은 돌그릇에 피를 흘리며 한숨을 내쉬었다.

"…혈청을 추출하면 끝입니다."

"주사기 같은 건 없나?"

"원시적인 게 있긴 합니다. 하지만 이거나 저거나 매한가지입니다."

"피를 얼마나 뽑아야 하지?"

"일단은… 이 그릇에 반쯤 채울 정도일까요?"

그 정도면 기껏 해야 작은 우유팩 하나 정도에 불과했다. 나는 눈살을 찌푸리며 새로운 포션과 붕대를 꺼냈다.

"고작 이 정도의 피를 뽑는데, 아이들이 죽어나갔단 말인가?"

"저는 포션이 없으니까요. 그럼 이제 됐으니… 응급처치를 해 주시겠습니까?"

김 소위는 피가 뚝뚝 흐르는 왼팔을 내밀었다. 나는 붕대에 포션을 적신 다음 상처를 감쌌고, 병에 남은 포션을 건네주었다.

"남은 건 마셔라. 그럼 이제 혈청을 분리하는 건가?"

"네. 여기서부터는 간단합니다. 마력으로 혈액 속에 항저주 물질을 따로 분리해서……."

김 소위는 멀쩡한 오른손에 마력을 전개하며 혈청을 모으기 시작했다. 나는 투명한 액체가 돌그릇 위로 떠오르는 것을 보며 감탄했다.

"정말 나오는군."

"당연히 나오죠. 그럼 이걸 비어 있는 캡슐에 담으면 끝입니다."

김 소위는 미리 준비한 빈 캡슐을 꺼내 투명한 액체를 조금 씩 모으기 시작했다.

그것은 마치 무중력 공간에 떠 있는 물방울을 스포이트로 빨아들이는 것처럼 보였다.

나는 참을성 있게 작업을 지켜보았다. 그리고 모든 작업이 끝난 순간, 녀석의 어깨를 가볍게 움켜쥐었다.

"김 소위?"

"……."

"어째 캡슐이 반도 안 찼는걸?"

실제로는 반의반도 차지 않았다. 김 소위는 두려운 표정으로 덜덜 떨며 고개를 저었다.

"이, 이건 뭔가 착오가……."

"결국 둘 중에 하나겠군. 충분한 고통이 주어지지 않았거나, 혹은 충분한 혈액을 뽑아내지 않았거나."

역시 자신의 몸이라 그런지 평소보다 살살 때렸고, 피도 적게 뽑은 것이리라. 김 소위는 그 자리에 주저앉아 버렸고, 나는 한숨을 내쉬며 고개를 저었다.

"됐어."

"…네?"

"됐다고. 아무것도 안 할 거니까 그만 일어나."

"저… 정말입니까? 지금부터 절 죽도록 쥐어 패고, 한 1리터쯤 피를 뽑아낼 작정이 아니었습니까?"

나는 코웃음을 치며 김 소위의 몸을 잡아 일으켰다.

"그런 쓸데없는 짓은 안 해. 추출 과정을 실제로 확인했으니 다른 방법을 사용해야지."

"다른 방법이라니요?"

"지금부터 백 명의 아이들을 여기로 데려와라."

"아이들이요? 아… 그럼 그냥 전에 하던 방법 그대로 혈청을 만들면 되는 겁니까?"

"그럴 리가."

나는 찍어 누르듯 노려보며 고개를 저었다.

"지금부터는 모든 걸 내가 명령한 방식대로 한다. 이견을 달지 마라. 알겠나?"

"아… 알겠습니다."

"그럼 당장 아이들을 데려와! 최대한 건강하고 활달한 녀석들로!"

나는 거점의 출구를 가리키며 소리쳤다. 김 소위는 화들짝 놀라며 부리나케 달려 나갔다.

＊　　　　＊　　　　＊

아이들이라고 불렀지만, 실제로 몰려온 것은 열다섯에서 스무 살쯤 되는 청소년들이다.

그래도 눈만 보면 확실히 아이였다. 아이들의 눈은 좋게 말하면 순수했고, 나쁘게 말하면 무지, 그 자체였다.

그래도 두려움보다는 호기심이 강해 보였다. 나는 거친 숨을 몰아쉬고 있는 김 소위를 돌아보며 말했다.

"너는 저 아이들과 의사소통을 할 수 있지?"

"네, 가능합니다. 너무 자세한 건 힘들어도 대략적인 개념은 전달할 수 있습니다."

김 소위는 자신의 머리를 두드리며 특별한 능력을 어필했다. 나는 고개를 끄덕이며 계획을 설명했다.

"지금부터 격투 대회를 개최한다."

"네?"

"참가자 전원에게 상품을 주고, 우승자에겐 더 큰 상품을 준다. 너는 토너먼트에서 패한 아이들에게 조금씩 혈액을 채취해 모으면 된다. 50㎖ 정도씩만 뽑으면 건강에 아무 이상이 없겠지."

"아니, 잠시만요."

김 소위는 난감한 얼굴로 끼어들었다.

"그런 식으로 해서는 충분한 항저주 물질이 분비되지 않습니다. 게다가 50㎖라니, 그렇게 적게 뽑아서는……."

"100명을 모으면 5리터다. 그 정도면 항저주 물질이 적게 분비되어도 충분한 양을 뽑을 수 있겠지. 그렇지 않나?"

"아……."

"너는 원래 이런 방법을 썼어야 했다. 이렇게 하면 아이들이 목숨을 잃지 않고도 혈청을 만들 수 있을 테니까. 하지만 너는 이런 대규모의 복잡한 과정이 그저 귀찮았을 뿐이지. 안 그런가?"

"큭……."

김 소위는 부정하지 못했다. 녀석은 잠시 당황하다 헛기침을 하며 겨우 항변했다.

"꼭 그런 것만은 아닙니다. 어차피 저는 이곳의 인구를 조절해야 했으니까요. 두 가지 일을 한 번에 해치운 것뿐입니다."

"상관없다."

"네?"

"상관없으니 변명할 필요 없다. 지금부터 당장 시작해라. 아, 여기 바닥이 돌로 된 곳이 있나?"

거점의 바닥에는 기본적으로 흙이 깔려 있었다. 김 소위는 어안이 벙벙한 얼굴로 반대편을 가리켰다.

"저쪽은 지대가 바위로 되어 있습니다만."

"좋아."

나는 한 번의 도약으로 바위 지대에 착지했다.

그러자 몰려 있던 아이들이 놀란 듯이 환성을 지르기 시작했다. 나는 즉석에서 지면에 칼을 꽂은 다음, 지극히 가볍게 오러 브레이크를 발동시켰다.

콰과과과과과과광!

강렬한 폭발과 함께 지면에 깊고 넓은 홈이 파였다.

다음으론 바람계 마법을 발동시켜 파인 홈의 먼지와 이물질을 날려 버렸다. 그러자 멍하니 있던 아이들이 부리나케 달려오며 환호하기 시작했다.

"워우워우!"

"우오오오!"

"오우? 우오우!"

"그래. 다들 조금만 기다려라."

그다음은 정령 마법이었다.

'아쿠렘의 검!'

그러자 눈앞에 수분이 압축되며 순식간에 물로 만들어진 검사가 나타났다. 나는 검사를 향해 손을 뻗으며 명령했다.

"너는 지금부터 소멸한다. 알겠나?"

검사는 즉시 고개를 끄덕이며 소멸했다.

푸확!

동시에 압축된 물이 사방으로 퍼지며 파인 홈에 고였다.

나는 이런 식으로 다섯 기의 물의 정령을 소환해서 소멸시켰다.

덕분에 거점의 내부에 작은 수영장이 생겼다. 나는 뒤늦게 옆으로 달려온 김 소위를 돌아보며 말했다.

"이것은 참가상이다. 모두에게 깨끗한 물을 마실 수 있게 해라."

"어… 어떻게 이런 대량의 정수된 물을……."

"그리고 상품으론 이걸 주겠다."

나는 시공간의 주머니에서 미군의 보급 상자 하나를 꺼내 바닥에 내려놓았다.

"상품의 분배는 네가 알아서 해라. 알겠나, 김 소위?"

김 소위는 상자의 뚜껑을 열어보며 침을 꿀꺽 삼켰다.

"김 소위?"

"아, 알겠습니다. 그런데 주최 측에는 뭔가 돌아오는 게 없습니까?"

"하……."

나는 쓴웃음을 지으며 또 하나의 상자를 꺼냈다.

"이 상자 하나는 온전히 주최 측의 것이다."

"오……."

"그러니 다른 상품을 횡령하지 말고 공정하게 분배해라. 포션과 붕대도 놓고 갈 테니 심각한 부상자가 나오면 즉시 치료

해라. 돌아왔더니 사상자가 생겨 있으면 가만 안 둘 거다. 알겠나?"

"네, 알겠습니다."

"혹시 처벌이 무서워서 일이 터졌는데 숨기려고 하지도 마라. 맵온은 너만 있는 게 아니니까."

"숨기지 않겠습니다. 그런데 돌아오신다니… 어디 나가실 겁니까?"

"어디긴 어디겠나?"

나는 손가락으로 천장을 가리켰다.

"나는 지금부터 다시 지상에 올라간다. 혈청도 챙겨 가니 최상급을 다섯 마리쯤은 잡을 수 있겠지. 너는 대회를 진행하고, 혈청을 제작하면서 동시에 내가 보내는 신호를 확인해라. 이 모두를 동시에 진행할 수 있겠나?"

그사이, 김 소위는 상자 속에서 통조림 하나를 꺼낸 다음 능숙한 솜씨로 뜯고 있었다.

"김 소위?"

"이건… 과일이군요. 제가 모르는 세계의 과일."

통조림은 설탕에 절인 과일 통조림이었다. 김 소위는 떨리는 손으로 과일 하나를 집어 먹으며 한숨을 내쉬었다.

"후아……"

그러고는 반짝거리는 눈으로 날 올려다보며 말했다.

"알겠습니다. 할 수 있습니다. 뭐든 할 수 있으니 시켜만 주십시오. 목숨 바쳐서 완벽하게 수행해 내겠습니다."

두 번째 지상행에서 나는 여섯 마리의 최상급과 700여 마리의 상급 공허 합성체를 사냥했다.

약 두 시간 동안 400㎞에 달하는 전장을 좌충우돌하며 전투를 벌였다. 결국 오러가 바닥나서 변환의 반지에 충전된 스케라를 사용해야 했고, 추가적으로 열 마리의 최상급이 접근하는 바람에 거점으로 돌아올 수밖에 없었다.

그사이, 거점의 토너먼트는 8강까지 가려진 상태였다. 김 소위는 돌로 만든 커다란 항아리에 가득 찬 핏물을 가리키며 한숨을 내쉬었다.

"여기에 피를 모아서 혈청을 만들었습니다."

"결과는?"

김 소위는 대답 대신 세 개의 새로운 캡슐을 내밀었다. 나는 빙긋 웃으며 캡슐을 주머니 속에 집어넣었다.

"성과가 좋군. 92명의 혈액으로 혈청 세 개를 뽑아낸 건가?"

"92명은 고사하고, 50명도 다 못 했습니다."

김 소위는 한숨을 내쉬며 웅덩이 근처에 쭈그리고 앉아 있는 아이들을 가리켰다.

온몸이 멍투성이인 아이들은 아픈 줄도 모른 채 '정령수'를 퍼마시며 희희낙락 웃고 있었다.

"제 생각보다 훨씬 격렬하게 싸우더군요. 그 때문에 두고 가신 포션을 거의 다 썼습니다."

"회복 포션은 아직 많이 남아 있으니 걱정하지 마라. 그런데 싸우기 싫어하는 아이들은 없던가?"

"다들 물맛을 한번 보더니 맹렬하게 시합을 원했습니다. 오히려 말리느라 힘들었습니다. 뼈가 부러지고, 승패가 정해졌는데도 계속 싸우겠다고 달려들어서 말이죠."

김 소위의 얼굴은 고작 두 시간 만에 피로에 절어 있었다. 나는 시공간의 주머니 속에서 캔 커피 하나를 꺼내 내밀며 말했다.

"수고했다. 나는 스케라를 충전하고 바로 올라간다. 그사이에 시합과 함께 혈청 제작을 마무리 짓기를 바란다."

"아니, 지금 바로 다시 올라가신다는 겁니까? 최상급을 무려 여섯 마리나 제거했는데?"

김 소위는 경악한 얼굴로 되물었다. 나는 맵온으로 남은 최상급의 숫자를 파악하며 고개를 끄덕였다.

"고작 이 정도로 쉴 수는 없지. 내가 말하지 않았나? 오늘부터 닷새 안에 지상에 있는 모든 최상급을 퇴치한다고."

"…허풍이라고 생각했습니다."

김 소위는 한숨을 내쉬며 캔 커피의 뚜껑을 땄다.

"하지만 당신이라면… 정말로 가능할지도 모르겠군요. 공허 합성체는 물론이고 극한의 부정체까지……."

녀석은 커피를 한 모금 마시고는 입을 다물었다. 나는 고개를 끄덕이며 근처에 설치해 놓은 스케라 충전기를 향해 걸음을 옮겼다.

　　　*　　　　*　　　　*

　머리 위에 떠 있는 거대한 괴물은 형체가 일정하지 않았다.

'귀찮군.'

　나는 눈살을 찌푸렸다. 이 또한 무수히 상대한 최상급 중 하나에 불과하다. 하지만 전장이 백 미터가 넘는 거구를 아메바처럼 자유롭게 늘리고, 동시에 구름처럼 하늘을 떠다니며 고속으로 움직인다.

　최상급을 120마리쯤 제거했을 때부터 이런 식으로 하늘을 날아다니는 녀석들이 나타났다.

　가뜩이나 덩치가 커서 핵심부를 노리는 전투가 까다로운데, 거기에 하늘까지 나니 더욱 갑갑한 느낌이다. 오러 윙만으로는 속도가 부족했기 때문에, 나는 좀 더 효율적인 수단을 동원해야 했다.

　그래서 가장 마지막에 얻은 바람의 정령왕, 쿨로다의 힘을 뒤늦게나마 분석했다.

　[갑옷]
　[분노]
　[세계]

　쿨로다의 힘은 모두 세 종류였다.

처음 힘을 얻은 이후로 실제로 한 번도 사용하지 않았다. 오비탈 차원에 도착하자마자 전투가 벌어져서 정신이 없었고, 그 이후로는 차원과 시간에 관한 문제로 골머리를 썩느라 신경을 따로 못 썼다.

세 종류의 힘이 가진 '이름'도 문제였다. '갑옷'은 노바로스의 방벽처럼 방어형 마법일 테고, '분노'는 노바로스의 파도, 혹은 아이시아의 입김처럼 공격 마법일 것이다.

결국 이런 식으로 다른 마법으로 대체가 가능할 게 안 봐도 뻔했다.

물론 '세계'가 마음에 약간 걸렸지만, 그보다도 당장 멸망할지도 모르는 '진짜 세계'에 대한 걱정과 두려움이 훨씬 강했다.

하지만 실제로 사용해 본 결과, 쿨로다의 힘은 예상과 달리 매우 이질적이었다.

그리고 유용했다. 나는 머리 위를 엄청난 속도로 날아다니는 최상급을 보며 즉시 정령 마법을 사용했다.

'쿨로다의 분노!'

곧바로 300의 마력이 소멸하며 눈앞에 거대한 회오리가 발생했다.

휘이이이이이이이이이이이익!

그것은 주변의 모든 것을 빨아들이는 토네이도였다.

고속으로 이동하던 최상급은 순간 덫에 걸린 듯 멈춰 버렸다. 녀석은 안간힘을 쓰며 회오리의 범위에서 벗어나려 했지만, 고작해야 더 이상 빨려 들어가지 않을 정도로 버티는 게 한계였다.

문제는 나도 버틸 수가 없었다.

순식간에 회오리에 빨려 들어간 나는, 눈앞이 아득해질 정도의 엄청난 속도로 내부를 회전하기 시작했다.

물론 자폭한 것은 아니다.

'쿨로다의 갑옷!'

동시에 고속으로 회전하던 몸이 정지했다.

새로운 바람의 기류가 내 몸을 감싸 안고 있다.

이것이 바로 '갑옷'이다. 하지만 이름과는 달리 외부의 공격을 막아내는 힘은 형편없었다.

대신 바람과 공기가 만들어내는 모든 압력으로부터 완전히 자유로워진다. 최상급 공허 합성체조차 빠져나가지 못하게 묶어놓는 강력한 회오리 속에서도, 나는 맑은 날의 구름처럼 가볍게 떠 있을 뿐이었다.

내가 원하는 만큼.

반대로 '공기의 벽'을 신경 쓰지 않고 마음껏 속도를 낼 수도 있다. 쿨로다의 갑옷에 오러 윙을 전개하면 순식간에 음속도 돌파할 수 있고, 그 상태로 저항을 받지 않고 순식간에 정지할 수도 있다.

덕분에 나는 극한의 기동력을 손에 넣게 되었다.

쉬이이이이익!

단숨에 회오리를 빠져나온 나는 여전히 그곳에 묶여 있는 최상급을 향해 일직선으로 날아올랐다.

우우우우우우우우우웅……

녀석은 위기를 느꼈는지 음울한 소리를 내며 자신의 몸을 극한으로 확장시켰다.

하지만 확장된 몸은 더욱 빠르게 회오리로 빨려 들어갔고, 덕분에 몸 안의 깊숙한 곳에 감춰져 있던 핵심부의 위치까지 외부에 드러났다.

'이번에도 걸렸군.'

나는 오러 소드를 전개하며 적의 핵심부를 단숨에 꿰뚫었다.

콰지지지직!

동시에 마력을 전부 소모한 회오리가 소멸했고, 마찬가지로 치명타를 입은 최상급도 장렬한 폭발을 일으켰다.

나는 즉시 쿨로다의 갑옷을 해제했다.

콰과과과과과과과과과과과광!

폭발과 함께 엄청난 속도로 뒤로 튕겨 날아갔다. 여기서 만약 갑옷을 그대로 입고 있으면 폭발의 압력에 아랑곳하지 않고 중심점에 그대로 머물러 있게 된다.

'그 때문에 저번에 죽을 뻔했지……'

나는 이런 방법을 사용해 첫 번째로 해치운 최상급을 떠올렸다. 당시에 약 1초 만에 노바로스의 방벽과 오러 실드가 동시에 소멸하는 것을 보며 죽음의 공포를 느꼈다.

실제로 죽진 않았지만 인상적인 경험이었다.

잠시 동안 태양의 내부로 들어간 듯한 착각과 함께 대량의 오러를 소모했다. 차라리 쿨로다의 갑옷을 풀고 폭발의 반동에 튕겨 날아가는 것이 훨씬 경제적이다.

그렇게 3㎞쯤 튕겨 날아간 나는 익숙한 자세로 지면에 착지하며 한숨을 몰아쉬었다.

"좋아… 이제 170마리쯤 남았나?"

그리고 하늘을 올려다보았다. 어느새 내 머리 위로 다가온 큐브는 폭풍 같은 바람으로 검은 기운을 헤치며 새로운 상급들을 떨어뜨릴 준비를 하고 있었다.

'이쯤 하고 돌아갈까?'

이번에는 총 일곱 마리의 최상급과 1,500마리에 달하는 상급 공허 합성체를 제거했다.

그 탓에 오러는 물론, 변환의 반지에 든 스케라까지 바닥을 드러냈다. 나는 곧바로 시공간의 주머니를 꺼내 슌의 몸을 반쯤 끄집어냈다.

"헤이, 이번에도 잘 끝났나?"

슌은 로봇처럼 목을 빙글 돌리며 눈을 깜빡였다. 나는 쓴웃음을 지으며 고개를 끄덕였다.

"그래. 자세한 건 돌아가서 이야기하자."

*　　　　*　　　　*

그렇게 계속 싸우고, 싸우고, 또 싸웠다.

*　　　　*　　　　*

지하 세계의 아이들은 기본적으로 남녀를 가리지 않고 엄청난 투쟁심을 가지고 있었다.

김 소위를 포함한 과거의 전승자들은 텔레파시를 이용해 아이들의 폭력을 강제적으로 제어하며 이를 컨트롤했다.

하지만 자리를 깔아주자 무섭도록 맹렬하게 싸워댔다. 그것도 증오나 분노가 아닌, 그저 순수한 폭력으로 자신의 모든 것을 폭발적으로 해방시켰다.

덕분에 이들의 투쟁심이 보이디아 차원의 부작용이 아니라는 것을 알 수 있었다. 싸움을 끝낸 아이들은 멍투성이에 피투성이가 된 채, 서로를 부여잡고 즐거운 듯 떠들어댔다.

덕분에 빠른 혈청의 생산이 가능했다. 나중에는 혈청 캡슐이 모자라 재료가 되는 물고기를 대량으로 잡아들여야 할 정도였다.

"이런 물고기를 인간이 먹는다는 게 놀랍군."

슌이 방금 잡아온 물고기는 아직도 시꺼먼 물이 뚝뚝 흘렀다. 나는 사이보그가 움켜쥔 커다란 물고기를 보며 어깨를 으쓱였다.

"중국인은 다리 넷 달린 건 책상과 의자 빼고 다 먹는다고 하지 않았나?"

"편견이야."

슌은 물고기를 바닥에 내려놓으며 피식 웃었다.

"그리고 물고기는 다리가 안 달렸지. 의외로 맛이 좋을지도 모르지만… 안타깝게도 사이보그는 음식을 먹을 수가 없군."

"어제 혈청 캡슐은 잘만 먹던데?"

"먹는 시늉만 했을 뿐이다. 혈청이 흡수된 다음에 껍질은 다시 뱉었어."

혈청이 풍족해진 덕분에 이제는 슌에게도 여유 있게 제공할 수 있었다. 슌은 근처의 돌침대 위에 쓰러져 있는 김 소위를 돌아보며 말했다.

"그런데 전승자가 뻗어버려서 큰일이군. 지상에 공허 합성체가 얼마나 남았다고 했지?"

"최상급 30마리. 앞으로 서너 번만 더 올라가면 마무리된다."

문제는 김 소위가 과로로 쓰러져 버렸다는 것이다.

사실 이틀째부터 토너먼트를 관리하는 데 피로를 호소했다. 어쩔 수 없이 슌을 꺼내서 혈청을 먹이고 대회를 관리하게 했다.

그렇다고 아이들에게 채취한 혈액에서 혈청을 분리하는 작업까지 다른 사람에게 맡길 수는 없었다. 김 소위는 과로한 업무에 시간 단위로 눈에 보일 만큼 수척해졌다.

사흘째부터는 텔레포트로 날 수송하는 과정마저 흔들리기 시작했다. 신호를 보냈는데도 5분이나 10분씩 늦게 도착했고, 다시 지상에 올라가는 데도 상당한 간격을 필요로 했다.

결국 나흘째인 오늘은 완전히 뻗어서 드러누웠다.

바닥까지 떨어진 체력이나 정신력은 포션으로도 거의 회복되지 않았고, 마찬가지로 쭉 떨어진 다른 특수 스텟도 다시 회복될 기미가 안 보였다.

나는 끙끙거리는 김 소위를 보며 한숨을 내쉬었다.

"혹시 해서 지상에 텔레포트 게이트를 만들어놓긴 했다. 하지만 다른 최상급들이 있는 곳까지 가려면 엄청난 거리를 이동해야 해."

"이미 싹 쓸어놓은 곳에 만들었을 테니… 어쩔 수 없지. 그렇게 생각하면 전승자의 능력이 확실히 엄청나군."

슌은 혀를 내둘렀다. 김 소위는 미리 게이트를 만들 필요 없이, 지상에 있는 어디라도 단숨에 텔레포트할 수 있었다.

"으……."

그러자 김 소위가 몸을 뒤척이며 신음 소리를 냈다.

"괜찮나? 움직일 수 있겠어?"

"괜… 찮습니다. 두통이란 걸 처음 경험해서 놀랐을 뿐입니다."

김 소위는 퀭한 눈을 껌뻑이며 몸을 일으켰다. 나는 체력 회복 포션과 벌꿀, 그리고 마력 회복 포션 한 병을 꺼내 동시에 내밀었다.

"일단 마셔라. 그리고 다시 누워. 지금은 일단 좀 더 쉬는 게 좋겠다."

"아닙니다. 이제 곧 최상급들이 멸종되기 직전인데… 제가 누워 있을 수는 없죠. 당장에라도 지상으로 올려 보내 드리겠습니다."

김 소위는 의지를 불태우며 포션을 마셨다. 그리고 마지막으로 벌꿀을 입에 댄 순간 움찔하며 몸을 떨었다.

"…달군요. 엄청나게 답니다. 이것도 포션입니까?"

"아니, 꿀이다. 효과가 없더라도 일단 싹 비워라."

"혀가 녹는 것 같군요. 최대한 천천히 맛보고 싶은데… 엑?"

나는 김 소위의 목을 뒤로 젖히며 억지로 꿀을 전부 들이부었다.

그리고 한 병을 더 꺼내 손에 쥐어준 다음, 다시 억지로 침대 위에 눕혀 버렸다.

"쉬어라. 다음 한 번은 내가 텔레포트 게이트로 올라갔다 올 테니까."

"하지만 제가 있어야 최상급을 각개격파할 수 있는 가장 좋은 포인트로……."

"그것도 이제 됐어. 어차피 30마리밖에 안 남았으니까. 마음만 먹으면 한 번에 몽땅 사냥할 수 있을 정도다."

나는 약간의 허풍을 떨며 뒤로 물러났다. 슌도 같이 뒤로 물러나며 말했다.

"이제는 전승자가 너보다 더 열성적이 됐군. 기특하지 않나?"

"가능성이 보이니까 달려드는 거지. 하지만 좋지 않아. 처음엔 너무 몸을 사리더니 이젠 자기 몸을 아끼질 않는군. 극단적인 건 위험해."

"16만 년이나 이런 땅속에서 살아왔으면 극단적일 만도 하지. 하지만 마음에 들어. 아이들도 열정적이고."

그 와중에도 거점 안에는 다음 토너먼트를 준비하는 아이들로 북적거렸다. 나는 복싱과 비슷하게 주먹을 툭툭 던지며 훈련을 하는 아이들을 보며 눈살을 찌푸렸다.

과연 저 아이들은 다시 지상으로 올라가서 과거에 찬란했던 보이디아의 문명을 일으킬 수 있을까?

'지상이라고 해봐야 새까만 황무지뿐인데……'

그렇게 많은 곳을 돌아다니며 싸웠지만, 나는 단 하나의 유적이나 폐허조차 발견하지 못했다.

16만 년의 시간은 그토록 철저하게 모든 것을 어둠 속으로 가라앉혔다. 만약 내가 여기서 실패한다면, 결국 오비탈이나 레비그라스도 같은 운명을 맞이할 것이다.

그리고 지구도…….

*　　　　　*　　　　　*

보이디아 차원에 도착한 지 닷새째 되는 날. 나는 기어이 지상에 있는 모든 공허 합성체를 해치웠다.

실제로는 밤낮의 구분이 없기 때문에 시간의 흐름을 정확히 파악하기 어려웠다. 확실한 건 110시간쯤 지났다는 것이고, 그 사이 내 저주 스텟의 최대치가 500을 돌파했다는 것이다.

물론 효과가 풀릴 때마다 혈청을 추가로 계속 복용했다.

하지만 효과가 풀리는 순간에 약간씩 오르는 스텟까지 막을 수는 없었다.

그런 것들이 쌓이고 쌓여, 지금의 압도적인 수치까지 도달한 것이다.

하지만 나는 냉정했다.

부정적인 감정에 휘둘린 건 초반뿐이었다. 스텟의 최대치는 높아도 현재 스텟은 혈청의 효과로 언제나 100대를 유지했고, 스스로도 감정을 보다 확실하게 제어하는 방법을 터득했다.

물론 좋은 점도 있었다.

레벨이 10이나 오른 덕분에 기본 스텟이 눈에 띌 정도로 상승했고, 누군가에게 가르침을 받지 않았음에도 자동적으로 저주 마법을 쓸 수 있게 되었다.

저주 마법: 현기증(하급)

안타깝게도 쓸데없는 마법이었지만.

어쨌든 첫 번째 작전은 성공적으로 완수했다.

비록 길고 긴 싸움 탓에 오비탈 차원에서 가져온 충전기도 바닥을 드러냈지만, 더 이상 레비그라스 차원에 최상급이 넘어갈 걱정을 안 해도 된다는 것만으로도 안심이었다.

이제 남은 것은 큐브뿐이었다.

예정대로라면 이제 김 소위가 나를 여섯 개의 큐브 중에 하나로 단숨에 데려다줄 것이다.

하지만 김 소위는 끝내 일어나지 못했다.

• 118장 •
큐브

"어이, 죽었나?"

슌이 김 소위의 몸을 가볍게 흔들었다. 죽은 듯 쓰러져 있던 김 소위는 신음 소리를 내며 겨우 말했다.

"아직… 안 죽었습니다. 죄송합니다만 일어나지 못하겠습니다."

"무리하지 마라. 그냥 누워 있어."

나는 김 소위의 몸에 미군의 보급품으로 나온 담요를 덮어 주었다. 김 소위는 고통스러운 얼굴로 한숨을 내쉬며 말했다.

"전승자의 칩을 너무 과하게 사용한 모양입니다. 고개를 수평에서 조금만 치켜들어도 엄청난 두통이… 스캐닝을 하니 뇌척수액이 감소한 걸로 나옵니다. 이 끔찍한 두통은 그것 때문인 것 같군요."

"너는 스캐닝으로 그런 것도 알 수 있나?"

"원래 이쪽이 원조니까요."

김 소위는 그 와중에도 약간의 거드름을 피우며 말했다.

"초월체들이 부여하는 힘은 이쪽의 능력을 조금씩 마이너시 킨 것에 불과합니다. 진짜는 만능입니다. 다만 자주 사용하면 두뇌를 과부하시키는 경향이 있어서……."

"설명할 필요 없어."

나는 고개를 저었다.

"됐으니까 쉬어라. 그동안 수고 많았다. 앞으로는 내가 알아 서 하지."

"하지만 제가 없으면 큐브에 갈 수가……."

"방법은 있다. 대신 설명을 좀 해주면 좋겠군. 김 소위? 네가 정상적이었다면 어떤 식으로 큐브에 갈 계획이었지?"

"지금까지와 동일합니다. 그러니까… 큐브의 표면에 마법진 을 열고 텔레포트를 합니다. 당신을 거기 내려놓고 저는 재빨 리 돌아오는 거죠."

"큐브의 표면은 어떤 상태지? 멀리서 보면 마치 큐브의 표면 에 공허 합성체들이 물방울처럼 맺히는 것처럼 보이던데?"

"그건 저도 모릅니다. 실제로 가본 적은 한 번밖에 없으니까 요."

"스텔라를 데려다줬을 때 말인가?"

"네."

김 소위는 누운 채로 고개를 끄덕이며 말했다.

"전승자의 기억에도 큐브에 대한 정보는 거의 없습니다. 공허 합성체의 본거지이며, 끊임없이 저주의 검은 기운이 뿜어져 나온다는 것뿐… 확실한 건 '파괴 불가능'한 물질이라는 것뿐입니다."

"파괴가 불가능하다고?"

"그러니 내부로 들어가야 합니다. 다행히 입구에 대한 정보는 있습니다. 스텔라 님께서 직접 알려주셨죠."

"스텔라가?"

"네. 1번 큐브의 테두리 부근입니다. 제가 직접 데려다 드리면 좋겠습니다만… 여기가 고장이 나 버렸군요. 죄송합니다."

김 소위는 한심하다는 얼굴로 머리를 두드렸다. 나는 그 자리에서 시공간의 주머니를 열고, 당장 필요 없는 식량이나 보급품들을 꺼내 바닥에 내려놓으며 말했다.

"자책하지 마라. 그보다 몸을 가눌 수 있게 되면 알아서 챙겨 먹고 빨리 회복해라. 알겠나?"

"감사합니다. 그런데 어떻게 올라가실 생각입니까? 오러 윙으로는 꽤나 까다로울 것 같은데……."

"정령 마법을 활용하면 문제없다. 그보다도 몇 가지를 다시 확인하지."

"네, 뭐든 말씀하십시오."

"큐브의 내부는 어떤 상태지?"

"저도 모릅니다. 스텔라 님이 들어가신 걸로 봐서 일단 인간이 생존할 수는 있는 것 같습니다만……."

"좋아. 그럼 큐브의 내부 어딘가에 극한의 부정체가 갇혀 있는 건가?"

"그것도 실제로는 어떻게 되어 있는지 알 수 없습니다. 큐브는 극한의 부정체를 봉인하기 위해 초월체들이 만들어낸 특별한 감옥입니다. 실제로 그 안에서 무슨 일이 벌어지고 있는지는 아무도 모릅니다."

"큐브는 파괴할 수 없다고 했지? 하지만 만약 파괴한다면? 그러면 오히려 안에 갇혀 있는 극한의 부정체를 세상에 풀어놓는 꼴이 되는 건가?"

"그것도 확실히는… 하지만 전승에는 '큐브를 파괴해야 한다'는 내용도 있습니다. 이미 큐브는 부정체 그 자체가 되어버린 것 같으니까요. 하지만 실제로는 여전히 감옥의 역할을 하고 있으며, 파괴할 경우, 말씀하신 대로 부정체의 본체가 외부로 풀려 나올 가능성도 있습니다."

"확실한 건 아무것도 없다는 건가……."

나는 한숨을 내쉬며 고개를 저었다.

결국 현장에서 직접 눈과 몸으로 확인하는 수밖에 없다. 나는 마지막으로 모든 상황을 점검한 다음 슌에게 말했다.

"너는 여기 남아 있어. 아무래도 큐브에 들어가면 내 몸 하나 건사하기 어려울 것 같다."

"알았다. 이제 와서 방해할 생각은 없어. 하……."

슌은 자조적으로 웃으며 말했다.

"결국 나는 쓸데없이 따라온 식충이였던 셈이군. 괜히 귀한 혈청이나 소모하고."

"그렇지 않아. 기억 안 나나? 네 덕분에 김 소위에게 신호를 보낼 수 있었다. 그것만으로도 굉장히 유용했다고 할 수 있겠지."

"신호라니… 나는 GPS 같은 건가?"

슌은 씁쓸한 표정을 지었다. 나는 오늘따라 더욱 왜소해 보이는 사이보그의 어깨를 두드려 주었다.

"그보다도 여길 부탁한다. 내가 돌아올 때까지. 그리고 만약 내가 돌아오지 못한다면……."

"그럼 여기서 지박령이 될 때까지 살아야지. 기사의 보디는 수명이 얼마나 오래갈지 기대되는 군."

"미안하다. 가능하면 널 다시 레비그라스로 돌려보내 준 다음에 큐브로 가고 싶지만……."

"신경 쓰지 마. 내가 억지로 따라온 거니까. 처음부터 여기서 뼈를 묻을 각오였다."

그러고는 피식 웃으며 자신의 몸을 두드렸다.

"물론 뼈 같은 건 한 조각도 남아 있지 않지만 말이지. 아무튼 알겠다. 꼭 성공하고 몸성히 돌아와라."

"그래, 꼭 성공하지."

슌은 고개를 끄덕이며 양팔을 벌렸다. 나는 그와 포옹을 나눈 다음, 곧바로 거점의 한쪽 구석에 만들어놓은 텔레포트 게

이트를 향해 걸음을 옮겼다.

*   *   *

지상에는 총 여섯 개의 텔레포트 게이트를 만들어놓았다.

하지만 거점과의 거리 문제로 인해 그 나물에 그 밥이었다. 나는 적당한 게이트를 통해 지상으로 넘어간 다음, 즉시 쿨로다의 갑옷을 전개하며 하늘로 날아올랐다.

하늘은 여전히 칠흑처럼 검었다. 하지만 기류의 변화를 통해 무언가 거대한 것이 내 쪽으로 다가온다는 것을 느낄 수 있었다.

큐브다.

안타깝지만 1번 큐브는 아니다. 지상으로 떠나기 전, 김 소위는 마지막으로 큐브들의 간략한 위치를 설명했다.

텔레포트 게이트와 가장 가까운 곳에 있는 큐브는 6번 큐브였고, 서쪽으로 4,000km쯤 이동하면 1번 큐브에 접근할 수 있다고 한다.

'지루한 여행이 되겠군.'

쿨로다의 갑옷으로 음속을 초월한다 해도, 거의 세 시간은 이동해야 도착할 거다.

하지만 당장은 수직으로 계속 날아올라야 했다.

계속해서 더 높은 곳으로.

그리고 그 순간.

푸화아아아아아아아아악!

맹렬한 폭풍과 함께 세상을 꽉 채운 검은 기운이 일시적으로 걷혔다.

폭풍을 쏟아낸 것은 6번 큐브였다. 하지만 나는 큐브보다 높은 고도를 날고 있었다. 덕분에 위에서 사선으로 큐브의 정경을 내려다볼 수 있었다.

그것은 달이 아니었다.

정확히는 달처럼 생긴 물체가 아니었다. 까마득한 밑에서 올려다봤을 때는 영락없이 그렇게 보였지만, 위에서 내려다보니 정확한 형태를 가늠할 수 있었다.

'완벽한 구체가 아니라 타원형이군.'

중앙이 불룩하게 솟아 있고, 가장자리는 비교적 평평하다. 얼핏 보면 흔히 말하는 UFO와 흡사한 형태였다.

다만 크기가 믿을 수 없을 만큼 거대했다. 나는 혹시나 하는 마음에 스캐닝을 발동시켰다.

이름: 6번 큐브
종류: ???
특수 효과: 모든 종류의 본질을 봉인한다. 극한의 부정체를 봉인하기 위해 만들어진 물건

'특이할 건 없군.'

물론 '종류'가 표시되지 않는 것이 마음에 걸렸다.

하지만 아무래도 상관없다. 그곳에 그 어떤 단어가 들어간다 해도, 당장 내가 해야 할 일에 변화가 생기진 않을 테니까.

그때, 큐브의 표면에 검은 그림자들이 몸을 일으키기 시작했다.

그것은 수백 마리의 상급 공허 합성체였다. 나는 어떤 식으로 공허 합성체가 발생하는지 확인하며 탄식했다.

"텔레포트 게이트라니……."

우선, 큐브의 표면 중 일부가 검은색으로 변질된다.

그리고 변질된 검은색 속에 거대한 마법진이 떠오른다. 마법진도 똑같이 검은색이라 육안으로는 확인이 어렵다. 하지만 마법진에는 마력이 작용하기 때문에, 나는 마력의 흐름을 통해 대략적인 모양을 파악할 수 있었다.

그리고 마지막으로, 완성된 마법진으로 공허 합성체가 소환된다.

'그런데 어떻게 여기까지 올 거지?'

문제는 내가 큐브보다 더 높은 곳을 날고 있다는 것이다.

수백 마리의 상급들은 분명히 내 쪽을 의식하고 있었다. 하지만 그들에게 비행 능력이 없는 이상 위협을 느낄 필요는 없었다.

'최상급들 중에는 하늘을 나는 놈들도 있었지… 하지만 상급은 그런 능력이 없다. 여기는 그냥 무시하고 이동하면 되겠군.'

나는 곧바로 6번 큐브의 머리 위를 유유히 스치며 서쪽으로 방향을 틀었다.

그리고 그 순간.

우우웅!

괴상한 소리와 함께 주변의 기압이 변했다.

동시에 아래쪽의 큐브가 엄청난 속도로 상승하기 시작했다.

'뭐지, 이 속도는?'

눈으로 보고도 믿겨지지 않을 정도다. 직경이 수십 킬로에 달하는 UFO 모양의 물체가 순간적으로 음속을 돌파하며 수직으로 날아올랐다.

1초만 한눈을 팔았어도 분명 충돌했을 것이다. 나는 아슬아슬하게 큐브의 육탄 공격 범위를 벗어난 다음, 그대로 전력을 다해 서쪽으로 질주하기 시작했다.

그러자 큐브도 내 뒤를 따라 날아왔다.

여전히 엄청난 속도였다. 쿨로다의 갑옷에 오러 윙을 더해 최고의 속도를 내고 있음에도 큐브의 추격을 따돌릴 수가 없었다.

'저렇게 거대한 게 저런 속도를 낼 수 있는 건가?'

물론 큐브가 빠르게 움직인다는 것 자체는 익히 알고 있었다.

그동안 지상에 올라와서 최상급과 전투를 벌일 때마다, 큐브는 오래 걸리지 않고 항상 내 머리 위로 날아왔던 것이다.

큐브는 모두 여섯 개였고, 언제나 최상급들이 포진한 위치에서 멀리 떨어지지 않은 곳에 위치했다.

하지만 그것을 감안한다 해도 크게 달라지는 것은 없다. 지구와 비슷한 크기의 행성을 고작 여섯 개로 커버한다는 것은, 결국 큐브 하나하나가 엄청난 속도로 움직일 수 있다는 것을 의미한다.

그리고 실제로 체험하니, 박력이 장난 아니었다.

'따라잡힌다!'

그리고 나보다 빨랐다. 큐브는 더욱 빠르게 가속했고, 나는 작전이 시작부터 어긋났다는 것을 인정하지 않을 수 없었다.

'6번 큐브보다 더 높은 곳으로 날아올라서 안전하게 1번 큐브까지 가려고 했는데……'

지금은 6번 큐브와 충돌하는 것도, 6번 큐브를 피해 방향을 바꾸는 것도 피해야 한다.

그렇다고 이제 와서 상급 공허 합성체를 상대하느라 오러와 시간을 허비할 생각도 없다.

그래서 나는 바람의 정령왕인 쿨로다의 세 번째 힘을 발동시켰다.

'쿨로다의 세계!'

그러자 세계가 변했다.

정확히는 나를 감싼 일정 범위의 공간이 변했다. 덕분에 나는 순식간에 6번 큐브를 따돌리고 빠른 속도로 거리를 벌릴 수 있었다.

[세계 — 시전자를 중심으로 1km의 공간에 바람을 원하는 대로 조종할 수 있다. 이 바람은 오직 시전자에게만 영향을 끼친다. 세계를 유지하기 위해 1초에 10의 마력이 소모됨]

처음에는 이게 무슨 소린지 이해할 수 없었다.

원하는 대로 바람을 조종해 봤자, 그것이 적이 아닌 내게만 영향을 끼친다면 대체 무슨 소용인가?

'활용법이 달랐던 거지.'

핵심은 '시전자를 중심으로'였다.

나는 '세계' 안에 최대급의 폭풍을 만들어 내 몸을 앞으로 밀어냈고, 전방으로는 더욱 빠르게 날 수 있도록 바람의 길을 만들어 가속에 가속을 더했다.

그렇게 초고속으로 비행한다 해도, '쿨로다의 세계'는 언제나 내 주변으로 1km 안에 고정되어 있었다.

결국 시간이 허락하는 한, 나는 극한의 극한까지 속도를 높일 수 있는 것이다.

어찌 보면 '갑옷'과는 정반대의 효과라 할 수 있다.

다만 갑옷은 나 하나를 컨트롤하는 것이고, '세계'는 말 그대로 사방 1km 안의 공간 전체를 컨트롤한다.

규모 면에서 압도적인 차이가 났고, 그 차이는 그대로 속도의 차이로 나타났다.

"……."

고개를 돌렸지만 아무것도 보이지 않았다.

불과 10초 만에 큐브는 육안에서 사라져 버렸다. 하지만 나는 300의 마력을 사용했기 때문에, 아직 20초는 더 목표를 향해 가속할 수 있었다.

'엄청난 속도군. 마력의 소모가 심해서 가급적 쓰지 않으려 했지만…….'

나는 변환의 반지를 사용해 소모된 마력을 다시 채워 넣었다. 정령 마법의 압도적인 힘을 실제로 확인한 건 좋았다. 하지만 실제로는 1번 큐브에 도착하기도 전에 대량의 마력을 소모한 것에 지나지 않았다.

*   *   *

그렇게 얼마나 날아갔을까?

1번 큐브는 예상보다 가까운 곳에 있었다.

내가 빨랐기 때문이 아니다. 1번 큐브 또한 어느 순간부터 내 쪽으로 접근하고 있었다.

엄청난 속도로.

'바글거리는군.'

1번 큐브의 표면에는 이미 수백 마리의 상급들이 자리를 잡고 있었다.

큐브끼리는 서로 연결되어 있다고 하니 추격하던 6번 큐브가 미리 연락을 했을지도 모른다.

'지금이다.'

충돌 직전, 나는 순간적으로 고도를 확 높이며 큐브의 머리 위로 이동했다.

그리고 재빨리 입구를 찾았다. 김 소위의 말로는 큐브의 테두리 부근에 입구가 있다고 했는데, 워낙 거대한 구조물이라 한눈에 발견할 수는 없었다.

그래서 일단 착지했다.

착지와 동시에 고속으로 비행하던 큐브도 급정지했다. 나는 반동으로 날아가지 않기 위해 반사적으로 지면에 칼을 꽂았다.

파직!

하지만 안 꽂혔다.

'뭐지, 이 금속은? 오러 소드를 전개했는데도……'

다행히 쿨로다의 갑옷 덕분에 날아가진 않았다. 하지만 큐브의 동체에 칼날이 박히지 않은 것은 충격적이었다.

'파괴 불가능 하다는 김 소위의 말이 사실인가 보군. 하지만 정말 마음먹고 노린다면?'

나는 칼끝으로 가볍게 바닥을 두드렸다. 칼이 튕겨나는 느낌만으로도 평범한 금속이 아니라는 것을 알 수 있었다.

단지 단단한 게 아니다.

금속 자체가 충격을 흡수하고, 일부는 다시 바깥쪽으로 돌려보낸다.

그 힘으로 칼이 다시 위로 튕겨 올라온다. 나는 힘이 반사되는 순간을 노려, 좀 더 강력하게 아래로 내려찍었다.

그러자 칼끝이 박혔다.

파직!

'요령이 필요하군.'

일단은 손가락 마디 하나 정도가 박혔을 뿐이다. 좀 더 집중하면 칼날의 절반까지는 쑤셔 넣을 수 있을 것 같았지만, 당장은 이 금속이 '파괴 불가'가 아니라는 것을 확인한 것만으로도 충분했다.

사방에서 상급들이 몰려오기 시작했다.

나는 유체 금속 검을 뿌리며 컨트롤에 집중했다. 접근하는 상급들을 빠르게 정리하며, 동시에 유체 금속 검의 시야를 활용해 큐브의 입구를 찾기 시작했다.

그사이, 큐브의 표면에 새로운 검은 기운이 맺히기 시작했다.

'여기서 길게 싸워봤자 쓸데없는 짓이다. 차라리 싸울 거면 큐브의 내부에서 싸우는 게 낫겠지.'

큐브의 표면 자체는 눈처럼 새하얗게 빛이 나고 있다.

하지만 곳곳이 시커먼 공허 합성체들로 가려져 있고, 녀석들이 내뿜는 검은 기운 탓에 입구의 탐색이 까다롭다.

'어떻게 하지? 정말 바닥에 구멍이라도 뚫어서 내부로 진입해야 하나?'

나는 다시 한번 칼끝으로 지면을 두드렸다. 그런데 그 순간,

가장 먼 곳으로 날려 보내는 유체 금속 검의 시야에 둥그런 맨홀 뚜껑 같은 것이 보였다.

'저기다!'

나는 주저 없이 목표로 질주했다.

그사이 수많은 상급들이 앞을 가로막았다. 나는 돌파에 돌파를 거듭하며 순식간에 큐브의 입구에 안착했다.

"입구는 인간이 손을 대면 열립니다. 그냥 중심부에 손바닥을 대시면 됩니다."

"보이디아인이 아니라 지구인도 상관없나?"

"상관없을 겁니다. 스텔라 님도 그렇게 여셨으니까요."

나는 김 소위와의 대화를 떠올리며 입술을 깨물었다.

문제는 스텔라가 단순한 지구인이 아니라는 것이다. 나는 초조함을 느끼며 뚜껑의 중심부에 손바닥을 가져다 댔다.

'제발 열려라, 제발 열려라, 제발 열려라……'

그리고 마음속으로 기원했다.

하지만 뚜껑은 열리지 않았다.

그사이 수십 마리의 상급들이 떼거리로 몰려왔다. 거기에 큐브 자체는 마치 발악이라도 하듯, 엄청난 규모로 새로운 상급들을 소환하기 시작했다.

특히 내가 웅크리고 있는 주변은 끔찍했다. 모든 지면이 검게 물들어, 하얀색의 표면이 아예 사라질 정도였다.

'망할!'

나는 뚜껑에 손바닥을 떼며 몸을 일으켰다.

그런데 갑자기 세상이 환해졌다.

*　　　　*　　　　*

나는 당황했다.

산처럼 우뚝 선 채 몰려오던 공허 합성체도 사라졌고, 온 세상을 꽉 채우고 있던 검은 기운도 사라졌다.

보이는 것은 새하얀 벽과 천장, 그리고 바닥뿐이었다.

"안으로… 들어온 건가?"

혼잣말을 중얼거리며 마음을 가다듬었다. 아무래도 큐브의 입구는 뚜껑이 열리는 것이 아니라, 내부로 텔레포트를 하는 방식인 것 같다.

확실한 건 공기가 맑아졌다는 점이다.

지하 세계만 해도 지상에 비하면 훨씬 공기가 맑았다. 하지만 이곳은 과거의 레비그라스나 지구와 비교해도 될 만큼 공기가 깨끗했다.

'이런 곳에 극한의 부정체가 봉인되어 있는 건가? 무슨 무균실이라도 들어온 기분인데…….'

나는 숨을 마음껏 들이마시며 천천히 주변을 살펴 나갔다.

직접 들어오기 전까지는, 큐브의 내부는 공허 합성체들로 꽉 찬 끔찍한 공간이라고 상상했다.

하지만 생각과는 전혀 달랐다. 그토록 거대한 구조물의 내부인데도 불구하고, 내가 서 있는 곳은 그저 평범한 빌딩의 복도 정도의 사이즈에 불과했다.

물론 복도를 구성하고 있는 금속은 절대 평범하지 않다.

표면과 마찬가지로 충격을 흡수하고, 다시 반사하는 특별한 재질이다. 나는 등 뒤의 막힌 벽을 주먹으로 몇 번 두드린 다음, 바닥에 불룩 솟아 있는 둥그런 돌출 부위를 손으로 쓰다듬었다.

'이건 밖에서 봤던 큐브의 입구와 비슷한 구조인 것 같은데……'

하지만 손바닥을 대도 다시 텔레포트로 나가지진 않는다. 나는 한참 동안 돌출 부위를 조사하다가 포기하고 몸을 일으켰다.

'일단 들어오면 쉽게 나갈 수 없다는 건가?'

나는 시험 삼아 텔레포트 게이트를 만들었다. 하지만 마력 자체가 지면에 흡수되며 사라졌고, 그 때문에 마법진 자체가 생성되질 못했다.

물론 전이의 각인이나 차원의 문은 통할지도 모른다.

하지만 정말 통해서 밖으로 나가 버리면 그게 더 큰 문제다. 때문에 당장 테스트를 해볼 수는 없었다.

'그건 나중에 실험해도 늦지 않다. 당장은 극한의 부정체를 제거하는 게 우선이다.'

나는 정면을 향해 천천히 걸음을 옮기며 마음을 가다듬었다.

빌딩의 복도처럼 생겼다고 했지만, 그렇다고 좌우에 문이 나 있는 구조는 아니다.

그저 정면으로 끝없이 길이 이어져 있을 뿐.

특이한 점이 있다면 통로의 끝이 보이지 않는다는 것이다.

기본 스탯이 상승하면 시력도 굉장히 좋아진다. 하지만 그런 내 눈으로도, 100미터 이상 떨어진 공간이 흐릿하게 보였다.

하지만 당장 큰 문제는 아니다. 100미터라고 해봤자, 내가 몇 초만 가볍게 달리면 돌파하는 거리니까.

'그런데 복도의 사이즈가 인간 사이즈군. 갑자기 최상급 같은 강적이 출몰할 일은 없겠어.'

그런 점도 마음이 놓이는 요인 중 하나였다.

상급 공허 합성체만 해도 전장이 50미터에 달한다. 때문에 100미터를 넘는 최상급이 갑자기 눈앞에 튀어나올 걱정은 할 필요가 없었다.

물론 그렇다고 긴장을 풀 수는 없다. 나는 변환의 반지를 통해 소모된 오러를 채우며 허공을 향해 손을 뻗었다.

그러고 나서야 나는 잃어버린 것을 깨달았다.

"이런 망할……."

유체 금속 검.

네 자루의 유체 금속 검을 큐브의 바깥에 놓고 들어와 버린 것이다.

빠르게 파악하지 못했던 것은 유체 금속 검과 연결되어 있는 감각이 깨끗하게 사라진 탓이었다. 아무리 의식을 집중해도, 큐브의 밖에 있을 유체 금속 검과의 연결이 이어지질 않았다.

'이미 먼 곳으로 날아가 버린 건가? 아니면 큐브의 안과 밖은 일종의 다른 차원인가?'

속된 말로, 피눈물이 날 정도로 아까웠다.

하지만 좌절할 정도는 아니다. 나는 시공간의 주머니에서 여분의 유체 금속을 끄집어내며 한숨을 내쉬었다.

유체 금속은 처음부터 일곱 덩어리였다.

동시에 네 덩어리 이상을 컨트롤하기 힘들었기 때문에 여분은 주머니에 넣어두었다.

아까운 건 기존에 다루던 유체 금속 검에 충전된 오러였다.

물론 지하 세계를 떠나기 전에 모든 준비를 끝내놓았다. 당연히 새로 꺼낸 유체 금속에도 오러는 풀 충전이 되어 있는 상태다.

그렇다 해도 네 자루의 유체 금속 검에 충전되어 있는, 도합 1천에 가까운 오러는 아깝기 그지없었다.

원래대로라면 그것을 전부 소모한 다음, 더 이상 여력이 없을 때 새로운 유체 금속을 꺼내 사용할 계획이었다.

'그래도 일단 큐브에 들어왔다. 지금부터 효율적으로 힘을 쓰면 문제없을 거야. 딱히 강력한 적들이 길을 막고 있는 것도 아니니까……'

나는 텅 빈 통로를 보며 스스로를 위안했다. 어쩌면 이대로 극한의 부정체가 봉인된 곳까지 한 번에 도착할지도 모른다.

물론 착각이었다.

아무리 걸어도 통로는 끝이 나질 않았다.

속도를 높여 몇 분 정도 달려보기도 했고, 짧게나마 전력을 내서 질주하기도 했지만 마찬가지였다.

'뭔 놈의 통로가 이렇게 길지?'

차라리 적들이 가로막는 게 속 편할 지경이었다. 나는 조급해지는 마음을 가라앉히며 스스로를 스캐닝했다.

'보이디아 차원은 저주 계열 마법의 근원이다. 어쩌면 큐브에 들어온 순간부터 특별한 저주에 걸렸는지도 몰라.'

하지만 스텟창에는 특별한 이상이 보이지 않았다. 나는 모든 스텟을 주의 깊게 살피다, 마지막에 있는 문장을 보며 실소했다.

퀘스트2: 보이디아 차원의 큐브를 파괴하라(???)

대체 이걸 어떻게 파괴하란 말인가?

'초월체들은 당연히 큐브가 뭔지 알고 있었을 테지. 알고 있었으면서도 이런 말도 안 되는 퀘스트를 내린 건가?'

제아무리 소드 마스터를 초월한 그랜드 마스터라 해도, 이 거대한 구조물을 전부 파괴하는 것은 불가능하다.

그래서 난이도의 표시가 안 되어 있는 것일지도 모른다. 처음부터 불가능한 일이었으니까.

'처음부터 불가능한 걸 시킨 건가? 이 빌어먹을 초월체 놈들……'

순간적으로 머릿속이 새빨갛게 변하며 분노가 치솟았다.

나는 속은 것이다.

큐브에 들어온 다음에야 알게 되었다.

이 모든 것은 처음부터 불가능한 일이었다.

큐브는 처음부터 극한의 부정체를 봉인하기 위해 만든 것이다.

결국 부정체를 파괴하기 위해서는 큐브를 파괴해야 한다. 큐브를 파괴해서 봉인을 푼 다음, 자신의 본래 힘을 되찾아 더욱 강해진 부정체를 상대로 전투를 벌여야 하는 것이다.

"날… 날 속였어……."

나는 이를 갈며 중얼거렸다.

그와 동시에 반사적으로 주머니 속에서 혈청을 꺼내 입안에 던져 넣었다.

"큭……."

하나로는 부족했다. 재빨리 두 개의 혈청을 더 꺼내 먹고 나서야 마음이 가라앉으며 가까스로 진정이 됐다.

나는 속은 것이다.

스텟창으로 이상이 보이지 않았기 때문에, 나는 실제로 내 저주 스텟이 급상승하는 것을 인식하지 못하고 있었다.

혈청 한 개를 먹자, 열어놓은 스텟창이 갑자기 흔들리며 숫자들이 변하기 시작했다.

두 개를 먹자 환하던 세상이 갑자기 어두워졌고, 세 개를 먹자 목 안이 텁텁해지며 급격히 탁해진 공기의 맛을 느낄 수 있었다.

그리고 온 세상이 소용돌이치듯 흔들렸다.

물론 큐브의 내부가 갑자기 변한 것은 아니다.

모든 것은 처음부터 이런 상태였다. 단지 내가 최면이라도 걸린 것처럼 세상을 잘못 인식하고 있던 것뿐이다.

혈청을 세 개나 먹고 나서야, 나는 스텟창에 표시된 수많은 저주의 결과물들을 확인할 수 있었다.

특수: 환각(상급), 환청(상급), 육체의 저주(상급), 혼란(상급), 현기증(상급)

전부 상급으로 표시된 저주들은 순식간에 중급으로 변했고, 다시 하급으로 변하며 아예 사라져 버렸다.

'그렇다면 처음에는 최상급 상태였다는 말이군. 저주의 효과가 너무 강력해서… 저주에 걸린 것조차 모르고 있었다는 건가?'

내가 본 모든 것은 환각이었다. 그리고 환각에서 벗어난 순간, 온 세상이 흔들리던 것은 현기증의 저주 때문이었다.

그리고 모든 저주에서 풀린 지금, 내 눈에 보이는 것은 극히 불길한 어둠과 저주의 도가니였다.

벽에 손을 대자, 마치 저주의 결정체와도 같은 끈끈한 물질이 물었다.

숨을 쉴 때마다 새까만 악의가 폐 속 깊숙한 곳으로 파고드는 듯했다. 적막하던 통로는 강렬한 진동과 끼긱거리는 기계음으로 꽉 차 있었고, 마치 하수구의 밑바닥과 같은 끔찍한 냄새로 가득 차 있었다.

스텟창도 엉망진창이었다. 근력과 체력은 순식간에 큰 폭으로 떨어졌고, 정신력은 최대치의 절반까지 뚝 떨어진 상태였다.

하지만 그 모든 것은 극복할 수 있는 문제였다. 나는 필요한 포션들을 재빨리 꺼내 마시며 조금씩 뒷걸음을 쳤다.

지금은 아니다.

어느 순간부터 통로의 끝에 서 있는 저 새까만 그림자를 상대하기 위해서는 조금 더 시간이 필요하다.

*   *   *

환청이란 실제로 들리지 않는 소리를 듣는 것을 말한다.

물론 반대로 들리는 것을 듣지 못하는 것도 일종의 환청이다.

쿠구구구구구구궁…….

끼긱! 끼기기기기기기기기기긱!

두두두두두두두두두…….

통로는 가지각색의 소음으로 꽉 차 있었다. 이렇게 시끄러운

데도 방금 전까지의 나는 아무 소리도 듣지 못했다.

혼란의 저주도 마찬가지였다.

추락하는 기본 스텟.

역겹고 소름 끼치는 끔찍한 냄새.

눈을 뜰 수 없을 만큼 강렬한 현기증.

이렇게 혼란스러울 일이 마구 벌어지고 있는데도, 정작 나는 아무런 이상을 느끼지 못한 채 유유자적했다.

그게 더 무섭다.

모든 것이 복합적으로 작용하며 나를 말려 죽이고 있었다.

이 끝도 없이 이어진 통로도 마찬가지였다.

고개를 돌리자 멀리 막힌 벽이 보였다. 30분 동안 계속해서 걷고 달렸다고 생각했는데, 실제로는 고작해야 200미터도 전진하지 못한 상태였다.

'같은 장소를 왔다 갔다 한 건가? 아니면 제자리를 걷고 있었을 뿐인가?'

나로선 실제로 무슨 일이 벌어졌는지 알 방법이 없었다. 누군가 녹화라도 하고 있지 않은 이상…….

그때, 사방에서 폭풍이 불었다.

푸화아아아아악!

동시에 사방에 맺혀 있던 검은 물질이 쓸려 날아갔다. 덕분에 조금이나마 깨끗해진 벽면에 영상이 출력되기 시작했다.

"……."

나는 영상을 보며 숨을 죽였다.

나다.

영상에 나오는 건 바로 나였다. 지난 30분간 내가 여기서 무엇을 했는지를 녹화한 기록으로, 보는 것만으로도 기분이 우울해지는 그런 모습이었다.

영상의 나는 홀린 듯한 멍한 얼굴로 끝없이 제자리를 걷는다.

그러다 가끔씩 겨우 발을 내디디며 조금씩 앞으로 나아간다.

그리고 그런 내 모습을 멀리서 검은 그림자가 말없이 지켜보고 있었다.

혈청 덕분에 저주에서 풀려난 나는 곧바로 통로의 끝에 서 있는 검은 그림자를 스캐닝했다.

이름: 부정체
레벨: ???
종족: 부정체

기본 능력
근력: ????(????)
체력: ????(????)
내구력: ????(????)
정신력: ????(????)
항마력: ????(????)

특수 능력

오러: ????(????)

마력: ????(????)

신성: ????(????)

저주: ????(????)

스케라: ????(????)

고유 스킬: 부정

'시작부터 끝판왕이 나선 건가?'

확실히 허를 찔렸다.

설마 적이 함정을 파고 내가 큐브 내부로 들어오기만을 기다리고 있었을 줄이야……

"왜 안 그러겠나?"

그러자 검은 그림자가 말을 했다.

정령처럼 머릿속을 울리는 소리가 아닌, 말 그대로 평범한 인간의 목소리였다.

'젊은 남자… 언어는 김 소위가 쓰는 것과 비슷하다. 보이디아어인가?'

"보이디아어라."

그러자 그림자는 피식거리며 웃기 시작했다.

"그렇게 따지면 지구에는 모든 지구인이 사용하는 '지구어'가 존재하나 보군. 레비그라스도 레비그라스어가 있나? 불쌍한 아르마스는 쓸데없는 각인을 만들었군."

아르마스는 감정의 각인을 내리는 조화의 신이다. 정확히는 초월체라고 해야겠지만. 어쨌든 그림자는 내 생각을 다이렉트로 읽으며 말을 이었다.

"그래, 그 아르마스 말이지. 위대한 초월체. 하지만 지금은 인간의 품속에 갇혀 자신의 운명을 마주하고 있군."

그림자는 손가락을 내 가슴팍을 가리키며 웃었다.

확실히 내가 가지고 있는 '우주의 돌'은 아르마스의 성물이다.

하지만 그걸 아는 사람은 모든 차원을 통틀어 몇 명 되지 않는다. 그림자는 걸음을 멈추며 섭섭한 듯 말했다.

"말하지 않으면 모를 것 같나? 그래, 물론 너는 모르겠지. 지금 네 몸을 감싸고 있는 초월체의 힘을. 하지만 나는 아주 또렷하게 보이는군."

"우주의 돌이 힘을 쓰고 있다면……"

나는 끔찍한 통로를 둘러보며 입술을 깨물었다.

"여기도 인간이 생존할 수 없는 곳인가?"

"당연하지."

"그럼 너는 누구냐? 극한의 부정체? 아니면 선구자 중 하나인 보이드?"

"그건 같은 말이야."

바로 그 순간, 나는 내가 가진 모든 힘을 한순간에 폭발시켰다.

먼저 오러를 극한까지 끌어 올리고, 거기에 노바로스의 강화를 더해 기본 스텟을 최대치의 두 배 이상으로 증폭시켰다.

거기에 아이시아의 내구력을 더해 추가적인 내구력을 얻고, 동시에 세 자루의 유체 금속 검에 오러 소드를 발동시키며 선봉으로 날렸다.

"합!"

그리고 짧은 기합과 함께, 유체 금속 검의 뒤를 따라 직접 몸을 날렸다.

'속전속결이다. 내 힘이 통할지 말지를 고민할 시간은 없어.'

뒷일은 일단 부딪힌 다음에 생각해도 늦지 않다.

그러자 그림자가 웃으며 말했다.

"시간은 아주 많아."

동시에 사방에 깔린 검은 기운이 그림자의 정면으로 집결했다.

푸확!

유체 금속 검은 그림자가 만들어낸 검은 방벽에 쑥 박히며 멈춰 버렸다. 하지만 검은 전류가 방벽 전체로 퍼지며 강렬한 진동을 일으켰고.

파지지지지지지직!

그렇게 약화된 방벽의 중심부에, 내가 직접 검을 쑤셔 박으며 온몸으로 돌파했다.

푸화아아아아악!

먹구름이 걷히듯, 한순간에 방벽이 소멸했다.

하지만 방벽 건너편은 텅 비어 있었다.

'아니?'

나는 재빨리 브레이크를 걸며 몸을 돌렸다.

그림자는 어느새 내가 먼저 서 있던 곳으로 이동해 있었다. 녀석은 얼굴도 없는 주제에 비웃음을 지으며 말했다.

"성질이 급하군. 말했듯이 시간은 많아. 나는 아주 오랜 시간을 여기서 보냈고, 앞으로 더 많은 시간을 여기서 보낼 계획이거든."

"계획이 아니라 강제 아닌가? 큐브에 봉인된 주제에?"

"그렇게 말하면 가슴이 아프지, 문주한 씨? 남의 가슴에 못을 박으면 말이야, 자기 가슴에도 몇 개쯤 박힐 각오를 해야 하는 거야."

그 순간, 정면에 검은 기운이 십여 개의 덩어리로 뭉치기 시작했다.

'못?'

사이즈를 보면 못보다 대형 드릴 같았지만, 어쨌든 십여 개의 거대한 못이 소리도 없이 내 쪽으로 날아들었다.

빠르다.

다만 못 피할 정도로 빠른 건 아니다. 문제는 못들이 좁은 통로를 꽉 채우고 있어 피할 공간이 없다는 것.

나는 오러 실드와 노바로스의 방벽을 동시에 전개했다.

파지지지지지지지지지직!

못들은 바깥쪽의 방벽을 한순간에 파괴한 다음, 안쪽에 있는 오러 실드를 거침없이 파고들었다.

하지만 거기까지였다. 나는 속도를 잃은 못들을 한순간에 베어 소멸시킨 다음.

파직!

그대로 그림자를 향해 일직선으로 몸을 날렸다.

"강하군."

그림자는 양팔을 펼친 채, 내 검을 그대로 허용했다.

그런데 벤 느낌이 전혀 없었다.

사선으로 두 쪽이 나버린 그림자는, 그대로 연기처럼 소멸한 다음 내 뒤쪽에 다시 뭉치며 모습을 드러냈다.

"아주 강해. 역시 막내가 기대를 걸 만하군."

"스텔라는 어디에 있지?"

나는 이를 갈며 적을 살폈다. 그림자는 방금 전보다 조금 작아진 채로 주변의 검은 기운을 모으고 있었다.

"막내는 여기에 있다. '우리' 중 하나와 거래를 했지."

"우리?"

"그러니까 사람은 대화를 해야 하는 거야. 나는 처음부터 다 말해줄 생각이었다고."

그림자는 피식 웃으며 줄어든 몸을 다시 회복했다. 미세한 차이였지만, 그걸 통해 녀석의 몸이 어떤 식으로 작용하는지 예상할 수 있었다.

'스캐닝은 도움이 안 된다. 직접 눈과 감으로 녀석의 힘을 파악해야 해.'

그나마 다행이라면 저주의 힘 역시 마나처럼 흐름을 파악할 수 있다는 것이다.

그러자 그림자는 일부러 자신의 몸에 흐름을 역으로 꼬아버리며 웃었다.

"하하… 멋지군. 아주 냉정해. 입으로는 스텔라의 안위를 물으면서, 정작 속으로는 내 약점을 찾기 위해 엄청난 속도로 분석을 하고 있군."

"너는 절대적인 존재가 아니니까."

"뭐?"

"네가 만약 진짜 신과 같은 존재였다면, 이런 복잡한 수를 쓰지 않고 큐브에 들어온 그 순간에 날 죽였겠지. 그러니까 나는 너를 잡을 수 있다. 내가 널 모두 파악한 그 순간에 말이야."

나는 말을 돌렸다. 그림자는 양팔을 펼치며 어깨를 으쓱였다.

"기세등등하군. 불리한 이야기가 나올 것 같으면 바로 화제를 바꾸는 건가? 뭐, 좋아. 먼저 내 소개를 해야겠군. 나는 첫 번째 조각이다."

"조각?"

"네가 극한의 부정체라고 부르는 그것의 조각이란 말이지. 큐브가 어째서 여섯 개나 되는지 생각해 본 적 없나?"

"……"

"없나 보군. 뭐, 좋아. 친절하게 설명해 주지. 나는 '이성'이니까. 보이드가 누구인지는 알고 있겠지? 그 녀석은 자신의 머릿속에 갇혀 버린 천재였다."

"마치 다른 사람처럼 말하는군."

"같은 존재는 아니니까. 나는 그 녀석의 속에 갇혀 있던 이성이었다. 인간답게 살고 싶어 하고, 다른 사람들과 적극적으로 교류하고 싶어 하는 또 다른 자아였지."

"지금… 다중 인격을 말하는 건가?"

나는 눈살을 찌푸렸다. 그림자는 고개를 저으며 웃었다.

"후후… 그런 게 아니야."

갑작스럽게 통로의 악취가 더욱 심해졌다. 그림자는 스스로의 몸으로부터 검은 기운을 뿜어내며 낮은 목소리로 말했다.

"인간은 원래 누구나 여러 개의 자신을 가지고 있어. 너도 그렇지 않나? 사랑하는 스텔라의 안위를 걱정하는 너, 눈앞의 적을 분석하고 쓰러뜨리려 하는 너, 당장에라도 아무 생각 없이 적에게 돌격해서 전투를 벌이고 싶어 하는 너… 그 모두가 너 자신이다. 그것들이 모두 모여서 하나의 인격을 형성하는 거지."

"심리 분석이라면 필요 없어. 그래서 뭐 어쨌다는 거지?"

"핵심은 하나로 모여야 진짜가 된다는 거다. 분리해 버리면 더 이상 같은 존재가 아니야. 다시 말하지만 나는 보이드의 파편이다. 현실로 만들 수 없던 녀석의 망상 같은 거지. 허울 없이 동료들과 잡담도 나누고, 좋아하는 여자와 친하게 지내고,

고백도 하는 그런 망상······."

그림자가 자신의 이야기에 빠져 있는 동안, 나는 더 이상 숨을 쉴 수 없을 지경에 빠져 있었다.

'악취에 미칠 것 같군. 이 정도면 우주의 돌로도 커버가 안 되는 것 아닐까? 어떻게든 조금만 더 파악하면 될 것 같은 데······.'

나는 눈을 가늘게 뜨며 녀석을 주시했다. 그림자는 몸을 가볍게 휘청거리며 말을 이었다.

"아무튼 그게 나다. 극한의 부정체도 아니고, 그렇다고 보이드도 아니야. 모든 부정적인 본질을 부여받고 미쳐 버린 녀석의 파편일 뿐이다. 여긴 그런 파편이 여섯 개가 있지."

"여섯 개라. 그럼 여섯 개의 큐브마다 너 같은 게 하나씩 있다는 건가?"

"나 같은 건 없어. 서로 완전히 다른 여섯 개의 파편이 존재할 뿐이지."

그림자는 내 쪽으로 손을 뻗으며 웃었다.

"초월체는 초월체의 생각이 있었다. 보이드는 보이드대로 생각이 있었지. 그리고 파편들은 파편들 나름대로의 생각이 있고. 너도 네 나름대로의 생각이 있겠지?"

"······."

"이곳은 그런 곳이다. 파편들의 무덤이지. 너는 내 배 속에 스스로 들어온 거야. 까다롭지? 그래도 사실을 이야기하자면··· 여기가 그나마 행복할 거다. 다른 파편들은 나처럼 친절하지 않을 거야."

바로 그 순간이었다.

나는 저주의 흐름을 분석한 끝에, 녀석의 몸에 공허 합성체의 '핵심부'와 같은 기관이 존재하지 않는다는 것을 확신했다.

'핵심이 없다. 몸 전체에 힘이 분산되어 있어.'

그렇다면 적을 제거할 방법은 하나뿐이었다. 나는 다시 한번 지면을 박차며 녀석을 향해 몸을 던졌다.

"벌써 파악이 끝났나?"

그림자는 아쉬운 듯 웃었다.

"너는 머리가 좋군. 그……."

푸확!

나는 적의 몸을 수직으로 토막 냈다. 연기로 변한 그림자는 다시 반대편에 뭉치며 모습을 드러냈다.

"그게 정답이다. 하지만 아무리……."

푸확!

나는 기다렸다는 듯이 새로 나타난 적의 몸을 난도질했다. 그림자는 좀 더 흐릿해진 채 한참 떨어진 곳에 모습을 드러냈다.

"그렇다 해도 이렇게 과감하게 행동……."

푸확!

"할 수 있다니. 부럽군."

푸확!

"함정이 있을지도 모르는데 말이야."

푸확!

"그게 널 여기까지 이끌었겠지."

푸확!

"과연 막내가 선택한 인간이다."

푸확!

"아, 내가 무슨 말을 해도 멈추지 마."

푸확!

"잠시라도 멈추면 큐브가 내 몸을 다시……."

푸화악!

"회복시켜 버릴 테니까."

거기까지였다.

그림자는 더 이상 자신을 만들어내지 못했다.

나는 사방을 스캐닝하며, 혹시라도 녀석의 파편이 남아 있는지를 꼼꼼하게 체크했다.

그리고 쓴웃음을 지으며 고개를 저었다.

"파편의 파편이라… 그거 웃기는군."

*   *   *

같은 시간. 레비그라스의 인류 중 약 30%가 가지고 있던 언어의 각인이 모두 사라졌다.

*   *   *

그림자의 흐름을 감지한 그 순간부터 그림자의 몸은 계속해서 위축되고 있었다.

그것은 거대한 힘을 소모한 후유증과 비슷했다. 내가 큐브에 들어온 순간, 녀석은 자신이 쓸 수 있는 최대한의 힘을 동원해서 온갖 저주의 선물 세트를 퍼부었다.

결국 그것이 실패로 돌아간 순간, 승패는 이미 정해진 것이나 다름없었다.

'어쩌면 그림자는… 이미 자신의 패배를 직감하고 내게 뭔가 다른 정보를 전해주려 했던 걸까?'

나는 걸음을 옮기며 녀석의 이야기를 되짚었다.

보이드가 극한의 부정체가 된 순간, 그의 인격들이 분리되어 그림자가 되었다.

그림자는 총 여섯 개가 있으며, 각 구역(큐브)마다 하나씩 있다.

스텔라는 그림자 중 하나와 계약을 했다.

다른 구역의 그림자는 1번 구역의 그림자처럼 친절하지 않다.

핵심은 이 정도다.

하지만 그 모든 것보다 인상적이던 것은, 녀석이 이야기를 할 때마다 큐브 내부를 진동하던 악취였다.

분명히 후각적인 자극임에도 불구하고, 나는 그 냄새 속에 깃들어 있는 복잡한 감정들을 느낄 수 있었다.

 정상적이지 못한 스스로에 대한 열등감.

 자신은 가지지 못한 것을 가진 자들에 대한 시기.

 하고 싶은 일을 하지 못하는 스스로에 대한 비난.

 그것은 그림자의 본체였던 보이드의 감정이었다. 그것이 이 큐브 속에서 십만 년이 넘게 숙성되며 견딜 수 없는 악취를 만들어낸 것이다.

 그 탓에 이곳에 있는 것 자체가 스트레스였다. 더욱이 그림자를 제거했음에도 통로의 벽면에는 아직도 멍하니 서 있는 내 모습이 출력되고 있었다.

 "바보 취급도 작작 해야지……."

 나는 정신을 집중하며 걸음을 옮겼다. 저주가 풀렸으므로, 더 이상 통로는 무한히 이어진 뫼비우스의 띠가 아니었다.

 마음 같아서는 단숨에 달려서 통과하고 싶다.

 하지만 신중해야 한다. 자칫 방심하면 또다시 자신도 모르는 사이에 저주에 걸려 현실을 제대로 인식하지 못할지도 모르니까.

＊   ＊   ＊

 "이럴 수가……."

 전승자는 돌침대에 누운 채로 중얼거렸다. 슌은 입에 물고 있던 담배를 바닥에 뱉으며 물었다.

"왜 그러지? 주한에게 문제가 생겼나?"

"그… 그건 아닙니다만."

전승자는 믿을 수 없다는 눈으로 허공을 훑어나갔다. 그것을 본 슌은 눈알에서 빛을 뿜으며 피식 웃었다.

"자, 봐라. 내 눈도 수십 가지 기능이 내장되어 있어."

"…네?"

"빛이 하나도 없어도 사물을 구분할 수 있고, 눈에 보이는 모든 물체의 대략적이 원소 함유량까지 자동으로 분석해 낸다. 보다시피 빛을 뿜어낼 수도 있고."

"그렇군요. 꽤나 성능 좋은 보디인 것 같습니다."

"하지만 너만큼 좋아 보이진 않군. 보이디아 차원 전체를 천리안처럼 볼 수 있는 건가? 대체 어떤 식으로 보이는 거지?"

"아… 그런 건 아닙니다."

전승자는 한숨을 내쉬며 고개를 저었다.

"그저 맵온으로 상황을 보고 있을 뿐입니다. 물론 초월체가 내려준 맵온과는 차원이 다르긴 합니다. 그래도 말씀하신 것처럼 전능하진 않습니다."

"그래? 그럼 대체 뭘 보고 탄식하는 거지?"

"일단 초월자께서는 무사히 1번 큐브 안으로 들어가셨습니다. 표시가 사라졌으니까요."

"표시가 사라졌다. 근데 죽어도 사라지지 않나?"

"그렇긴 합니다만… 그분이 고작 상급들을 상대로 목숨을 잃을 리는 없으니까요. 큐브로 들어갔다고 생각하는 쪽이 합리

적입니다."

"그렇게 따지면 시공간의 주머니와 비슷하군. 큐브의 내부는 다른 차원인가?"

"네. 적어도 같은 차원은 아닙니다."

"같은 차원이 아니면 다른 차원이지. 뭐가 다른가?"

"보이디아와 레비그라스처럼 완전히 다른 차원은 아니라는 말입니다. 그보다도 큐브가 한곳으로 모이고 있습니다."

"뭐?"

"2번, 3번, 4번 큐브가 엄청난 속도로 한곳에 모이고 있습니다. 이런 일은 처음입니다. 큐브들은 항상 서로 간에 거리를 두고 있었으니까요."

"혹시 자기들끼리 부딪혀서 박살 난다던가?"

"설마 그렇지는 않겠지만… 아무튼 이런 일은 처음입니다. 스텔라 님이 들어가셨을 때도 별다른 변화는 없었는데… 역시 초월자는 다른 걸까요?"

"당연히 다르겠지. 주한이 큐브로 들어간 지 얼마나 지났다고?"

"약 35분입니다."

"그럼 그 35분 동안 안쪽에서 깽판을 마구 쳐놓은 게 아닐까? 그래서 위험을 느낀 다른 큐브들이 모여서… 아, 근데 어차피 큐브는 내부적으로는 연결되어 있다며?"

"네. 물리적으로 큐브들이 뭉치는 건 아무 의미가 없습니다. 그래서 더욱 모르겠습니다. 대체 무슨 일이 벌어지는 건지…

16만 년 동안 쌓아온 경험이 모두 쓸데없어졌군요."

전승자는 고개를 저으며 자조적으로 웃었다.

그때 어린아이가 하나가 몰래 다가와 바닥에 떨어진 담배를 주우려 했다. 순은 재빨리 고개를 돌리며 아이의 머리를 손가락으로 막았다.

"어허, 아서라. 이건 먹는 게 아니야."

"아우……."

아이는 아쉽다는 얼굴로 뒤로 물러났다. 순은 땅에 떨어진 담배를 다시 주워 입에 물었고, 전승자는 손가락에 작은 불꽃을 만들며 물었다.

"불을 붙여 드릴까요?"

"아니, 됐어. 그냥 물고 있는 것뿐이다."

"담배는 그냥 물고 있다고 해서 효과가 나지 않습니다."

"누가 모르냐? 어차피 몸이 쇳덩이라 피우고 싶어도 피울 수 없어. 그보다도 담배를 알고 있나? 보이디아에도 담배가 있었어?"

"네. 성분의 차이는 있지만 비슷한 게 있었습니다. 아무리 문명이 발달하고, 세상이 새롭게 바뀌어도 결코 사라지지 않고 명맥을 이어오더군요."

"나도 지긋지긋하게 피웠지. 설마 이런 식으로 금연하게 될 줄은 상상도 못 했지만."

순은 머리통을 두드리며 웃었다. 전승자는 멍한 눈으로 자신이 만든 불꽃을 바라보며 중얼거렸다.

"만약에 초월자께서 실패하시면… 앞으로 저는 뭘 어떻게 해야 할지……."

"걱정은 실패하고 나서 하라고. 그보다도 위쪽이 어떻게 되고 있는지 중계해 봐. 세 큐브가 한자리에 모이고 있다고? 지금도?"

"네, 이대로면 약 15초 후에 충돌합니다. 이제 슬슬 감속을 걸겠죠. 아직까진 그대로 계속 돌진하는군요. 음… 감속을 안 하네요. 물론 큐브는 급정지와 급가속을 할 수 있으니 충돌 직전에……."

그 순간, 거점 전체가 흔들리며 천장에서 돌 부스러기가 떨어지기 시작했다.

쿠구구구구구구구…….

전승자는 파랗게 질린 얼굴로 침을 삼켰다. 순은 놀라서 뛰어다니는 아이들을 보며 눈살을 찌푸렸다.

"방금 충돌한 건가?"

"그런 것 같습니다. 지상은 난리가 났겠군요. 땅에서 3㎞나 떨어진 여기까지 이렇게 흔들릴 정도라면……."

두 사람은 숨을 죽이며 천장을 바라보았다. 진동은 시간이 지날수록 점점 커지며 지진처럼 지하 세계를 뒤흔들기 시작했다.

*   *   *

살짝 흔들렸다.

나는 걸음을 멈추며 주위를 살폈다. 별다른 변화는 보이지 않았지만, 확실히 방금 전에 큐브 전체에 낮은 진동이 느껴졌다.

'뭔가 또 꿍꿍이가 시작되는 건가? 아직 1번 큐브에서 벗어나지 않았는데……'

그래도 백 미터쯤 더 걸어가면 이 지긋지긋한 통로도 끝이다. 통로 건너편에 무엇이 있는지는 모르지만, 확실히 지금까지와는 전혀 다른 흐름이 통로 건너편에서 느껴졌다.

물론 그 흐름도 저주의 흐름이었고, 불길한 건 마찬가지였다. 나는 걸음의 속도를 높이며 혈청을 하나 더 꺼내 입안에 넣었다.

'여차하면 바로 깨물어서 효과를 봐야겠다. 아니, 1번 큐브를 벗어난 순간에 그냥 바로 씹어버리는 게 좋겠어.'

큐브의 경계선에는 일렁이는 아지랑이 같은 것이 얇게 층을 이루고 있었다. 나는 아지랑이 건너로 발끝을 살짝 밀어 넣었고, 별다른 이상이 없음을 확인하고는 곧바로 몸을 들이밀었다.

입안의 혈청을 깨물면서.

그 순간, 나는 세상이 뒤바뀌는 순간을 목격했다.

처음 도착한 곳은 마치 우주선의 내부를 연상시키는 기계적이고 세련된 공간이었다.

처음 듣지만 마음을 가라앉히는 부드러운 음악이 흘렀고,

진한 꽃향내와 커피향이 섞인 듯한 매력적인 향기가 가득 차 있었다.

하지만 혈청이 몸속으로 흡수됨과 동시에 세상은 마치 도살장을 연상시키는 어둡고 거대한 홀(Hall)로 돌변했다.

끝도 없이 높은 천장엔 종족과 성별을 알 수 없는 무수한 시체들이 갈고리에 꿰어 걸려 있었다.

바닥엔 시체들이 흘린 색색의 피가 강을 이루고 있었다. 숨이 막히는 피 냄새에 썩은 내가 더해진, 복합적인 죽음의 냄새가 모든 곳에서 풍겨왔다.

그리고 비명 소리가 들렸다.

천장에 걸려 있는 것은 전부 시체가 아니었다. 수천 구의 시체 중에 아직 3분의 1은 살아 있었고, 그들은 듣는 사람의 영혼까지 뒤흔들 만큼 끔찍한 비명을 쉴 새 없이 지르기 시작했다.

나는 반사적으로 맵온을 전개하며 즉시 인간을 검색했다.

인간 — 756

모두가 인간이었다.

맵온에는 인간을 표시하는 붉은 점이 쉴 새 없이 깜빡였다. 나는 그 와중에도 천장에서 가랑비처럼 내리는 핏물을 바라보며 전율했다.

그런데 그 순간, 다시 세상이 격변했다.

이번에는 풀밭이었다.

하늘에는 비가 내리고 있었다. 빗물을 머금은 풀잎들이 싱그러운 풀 냄새를 퍼뜨렸고, 고요한 세상은 상쾌하며 편안하게 흘러가고 있었다.

불과 3초 전에 봤던 지옥이 아니었다면, 나는 만족스럽게 웃으며 풀밭을 거닐었을 것이다.

하지만 내 손은 이미 시공간의 주머니 속에 들어가 있었다.

나는 동시에 세 개의 혈청을 꺼내 입안에 쑤셔 넣어 씹었다.

그러자 세상이 다시 지옥으로 돌아왔다.

나는 입안에 남은 혈청 껍데기를 바닥에 뱉으며 이를 갈았다.

이곳에 들어온 순간, 또다시 저항할 수 없는 강력한 저주가 시작된 것이다.

만약 혈청이 없었다면, 분명 미친놈처럼 피 웅덩이 속을 걸어 다니며 히죽히죽 웃다 죽었을 테지.

심지어 이번엔 전보다 훨씬 강력했다. 나는 지옥 같은 세상이 희미하게 아름다운 풍경으로 바뀌고, 인간들의 비명 소리가 산들바람이나 조용히 흐르는 물소리로 변하는 것을 실시간으로 지켜봐야 했다.

'미치겠군. 혈청을 세 개나 먹었는데도 부족한 건가?'

나는 떨리는 손으로 네 개째의 혈청을 꺼냈다.

처음부터 50개의 혈청을 챙겨 왔기 때문에 아직 여분은 충분했다.

스캐닝을 하자 총 일곱 개의 저주가 생겼다가 사라지기를 반복했다. 나는 혈청 하나를 추가로 씹고, 그것도 모자라 한 개를 더 꺼내 입안에 던져 넣었다.

그때, 누군가 말했다.

"빨리 구해야 하지 않겠는가?"

약간 고풍스러운 말투였다. 나는 어느새 정면에 나타난 남자를 보며 오러를 증폭시켰다.

"넌 누구지?"

"내가 누구인지 무슨 상관인가? 자네의 귀에는 저들이 외치는 비명이 들리지 않나? 어서 가서 구해주게. 그게 좋지 않겠나?"

상대는 50살쯤 되어 보이는 중년의 남자였다. 그는 레비그라스의 신관복과 비슷한 형태의 붉은 옷을 입고 있었다.

"아, 이건 원래 이런 색이 아니네. 하지만 여기 있다 보면 모든 것이 붉은색이 되어버리지. 어쩌겠나?"

남자는 내 생각을 읽은 듯 한쪽 어깨를 으쓱였다.

나는 복잡하게 꼬여 있는 남자의 흐름을 읽으며 작게 한숨을 내쉬었다.

"쓸데없는 질문이었군. 너도 그림자였어."

"그 표현은 적절치 않군. 자네가 먼저 만난 파편은 확실히 그림자의 형태를 가지고 있었지. 그자는 스스로를 부끄럽게 생각하고 있었으니까. 하지만 나는 그렇지 않네."

남자는 자신감 있는 얼굴로 옷매무새를 가다듬으며 말했다.

"나는 당당하네. 내가 하는 모든 일은 정당하고 이유가 있지."

당당한 태도만큼이나, 처음 싸웠던 그림자에 비해 흐름의 깊이가 강렬했다.

나는 혹시나 하는 마음에 녀석을 스캐닝하며 쓴웃음을 지었다.

이름: 부정체

레벨: ???

종족: 부정체

'전과 똑같군. 스텟이 표시가 안 돼.'

"아, 그건 내가 너무 강해서 그런 게 아니네. 단지 그대가 가진 능력이 정상적으로 작동하지 못할 뿐이지. 나는 그런 존재네. 우리는 모두 그런 존재지."

"보이드의 파편 말인가?"

"음, 그 표현은 그래도 들어줄 만하군."

"좋아. 그럼 넌 지금부터 2번 그림자다."

힘의 차이가 있다 해도, 결국 같은 존재라면 공략법 또한 동일할 것이다.

나는 선언과 동시에 적을 향해 몸을 날렸다.

그런데 그 순간, 두 명의 새로운 남자가 피 웅덩이 속에서 모습을 드러냈다.

파지지지지지지지지지직!

그리고 방벽을 만들어 내가 휘두른 검을 가볍게 막아냈다.

녀석들이 만든 방벽은 바로 피였다. 적들은 홀 안에 차고 넘치는 피를 끌어모아 자유롭게 부리기 시작했다.

그중 한 남자가 말했다.

"그렇다면 나는 3번 그림자이겠군."

그러자 다른 남자도 웃으며 말했다.

"그럼 나는 4번 그림자인가?"

"이럴 줄 알았으면 순서를 바꿀걸 그랬어. 우리가 처음 나왔다면 '그림자'로 불릴 일도 없었을 텐데 말이야."

쌍둥이처럼 똑같이 생긴 두 남자는, 이내 바닥에 고인 모든 피를 움직여 공중으로 띄워 올리며 번갈아 말했다.

"우리들의 세계에 들어온 것을 환영해, 문주한."

"환영도 대환영이야. 너를 위해 많은 걸 준비했거든."

"아, 너는 여기가 2번 큐브라고 생각하겠지?"

"그렇기도 하고 아니기도 해."

"여기는 2번 큐브이자, 3번 큐브이고."

"동시에 4번 큐브이기도 하거든."

"이런 일은 흔치 않아. 하지만 우리 셋은 처음부터 죽이 잘 맞았으니까."

"그러니 이런 식으로 힘을 합칠 수도 있는 거지."

남자들은 눈을 가늘게 뜨며 웃었다.

'세 큐브의 파편'들이, 나를 상대하기 위해 힘을 합친 것이다.

『리턴 마스터』 13권에 계속…

초대형 24시 만화방

신간 100%, 샤워실, 흡연실, 수면실(침대석), 커플석, 세탁기 완비

■ 광명 광명사거리역점 ■

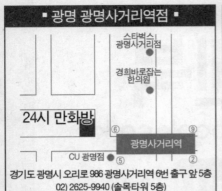

경기도 광명시 오리로 986 광명사거리역 6번 출구 앞 5층
02) 2625-9940 (솔목타워 5층)

■ 강북 노원역점 ■

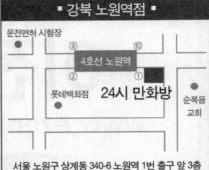

서울 노원구 상계동 340-6 노원역 1번 출구 앞 3층
02) 951-8324 (화용빌딩 3층)

■ 일산 정발산역점 ■

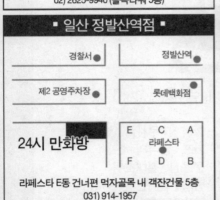

라페스타 E동 건너편 먹자골목 내 객잔건물 5층
031) 914-1957

■ 일산 화정역점 ■

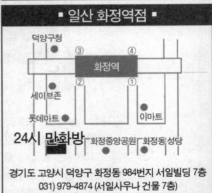

경기도 고양시 덕양구 화정동 984번지 서일빌딩 7층
031) 979-4874 (서일사우나 건물 7층)

■ 부천 역곡역점 ■

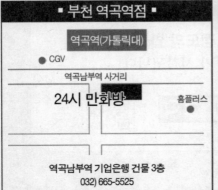

역곡남부역 기업은행 건물 3층
032) 665-5525

■ 부평역점 ■

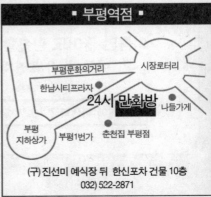

(구) 진선미 예식장 뒤 한신포차 건물 10층
032) 522-2871

이경영 판타지 장편소설

FANTASY FRONTIER SPIRIT

그라니트

용들의 땅

GRANITE

사고로 위장된 사건에 의해 동료를 모두 잃고 서로를 만나게 된 '치프'와 '데스디아'.
사건의 이면에 장식을 벗어난 음모가 있음을 알게 된 둘은
동료들의 죽음을 가슴에 새긴 채 각자의 고향으로 돌아간다.
2년 후, 뜻하지 않게 다시 만난 두 사람은 동료들의 복수를 위해
개척용역회사 '그라니트 용역'을 설립해 다시금 그 땅을 찾게 되는데……

용들이 지배하는 땅 그라니트!
그곳에서 펼쳐지는 고대로부터 이어지는 운명적 만남,
깊어지는 오해, 그리고 채워지는 상처.

『가즈 나이트』시리즈 이경영 작가의 미래형 판타지 신작!

Book Publishing CHUNGEORAM

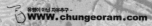

유행이 아닌 자유추구 -
WWW.chungeoram.com

배우,
미친 흡입력

이산책 장편소설

FUSION FANTASTIC STORY

세계 최고의 스타 배우,
라이더 베스.

온갖 사건 사고에 휘말린 후 약물 과다 복용으로 사망.
한국의 무명 스턴트맨 김태웅의 몸으로 깨어나다?

조용한 삶을 살고자 하는 그의 귓가에 들리는 소리.

[배우의 꿈(Actor'S Dream) 시스템을 시작합니다]

어차피 스타, 될 놈은 된다!

Book Publishing CHUNGEORAM

유행이 아닌 자유추구 -
WWW.chungeoram.com